KB058852

"——자, 이 세상에서
가장 고귀한 힘을 보여주마."

미젤히비 히드라 네불리스 9세
Mizerhyby Hydra Nebulis IX

네불리스 3대 혈족 중 하나인 히드라 가문의
차기 여왕 후보인 왕녀. 「광휘」라는 특수한 성
령의 소유자. 본디 탈리스만과 마찬가지로 금
발이었는데, 성령이 발현되자마자 머리카락이
푸르게 변했다고 한다.

"동생을 되찾아올 겁니다.
제국군이 아니라 히드라 가문에게서."

★ 루 가문

앨리스리제 루
네뷸리스 9세
Aliceliese Lou Nebulis IX

네뷸리스 황청의 제2왕녀.
제국군 습격 사건으로 다친
네뷸리스 여왕을 대신해서 여왕
대리인이 되어 왕궁에서 바쁘게 활동한다.

the War ends the world / raises the world

달려오는 사병들을 힐끗 보더니.
과거에 여왕 네뷸리스 7세를
공격했던 남자가 화염을
등지고 선언했다.

"꿇어라.
여기서 고개 숙이는 자만 살려주마."

샐린저
Salinger

초월의 마인. 과거에 여왕 암살 미수 사건을
일으켜 오레간 감옥탑에 갇혔던 최강의 마인.
현재 탈옥 중

너와 나의 최후의 전장, 혹은 세계가 시작되는 성전 8

the War ends the world / raises the world

사자네 케이 지음
한수진 옮김

커버 그림, 본문 일러스트 | **네코나베 아오**

너와 나의 최후의 전장,
혹은 세계가 시작되는 성전 8

the War ends the world /
raises the world

So Se ris, Ec wision nes ria feo.
당신은 누구를 위해 빛나는 걸까?

Is elmei flow recrey noi bie milve. ende E yum tool bie synnel.
이 세상 모든 빛이 거울에 비치고, 당신은 거기 비친 풍경을 볼 테지.

nevaliss, Shie-la So hec kfen. Ris sia sophia,Ec dio nes coda.
그래도 잘못 판단하지는 마. 당신의 길을.

마녀들의 낙원

『네뷸리스 황청』

앨리스리제 루네뷸리스 9세
Aliceliese Lou Nebulis IX

네뷸리스 황청의 제2왕녀. 가장 유력한 차기 여왕 후보. 얼음을 다루는 최강 성령술사. 제국에서는 『빙화의 마녀』라고 불리는 공포의 대상. 황청 내부의 온갖 음모에 염증을 느끼고 있으며, 전장에서 만난 적국의 검사인 이스카와 정정당당하게 싸우기를 기대하고 있다.

린 뷔스포즈
Rin Vispose

앨리스의 시종. 흙의 성령 사용자. 가정부 같은 옷 아래에 암기를 숨기고 다니는 유능한 암살자. 평소에 무표정한 편이라서 무슨 생각을 하는지 알기 어려운데, 가슴 크기에는 열등감을 느끼는 듯하다.

시스벨 루 네뷸리스 9세
Sisbell Lou Nebulis IX

네뷸리스 황청의 제3왕녀. 앨리스리제의 여동생. 과거에 일어난 사건을 영상과 음성으로 재생하는 『등불』의 성령을 지녔다. 과거에 제국에 붙잡혔다가 이스카의 도움을 받았다.

가면 경 온
On

루 가문과 차기 여왕 자리를 놓고 경쟁하는 조아 가문의 일원. 속마음을 알 수 없는 책략가.

키싱 조아 네뷸리스
Kissing Zoa Nebulis

조아 가문의 비밀 병기. 강력한 성령술사. 『가시』의 성령을 지니고 있다.

샐린저
Salinger

여왕 암살 미수죄로 감옥에 갇혀 있었던 최강의 마인. 현재는 탈옥 중.

일리티아 루 네뷸리스 9세
Elletear Lou Nebulis IX

네뷸리스 황청의 제1왕녀. 대외 활동에 열중하느라 자주 왕궁을 비운다.

기계로 된 이상향

『천제국』

이스카
Iska

제국군 인류 방위기구, 기구 Ⅲ사(師) 제907부대 소속. 과거에 사상 최연소로 제국의 최고 전력『사도성(使徒聖)』자리에 올랐지만, 마녀를 탈옥시킨 죄로 그 자격을 박탈당했다. 성령술을 차단하는 흑강의 성검과, 마지막으로 벤 성령술을 딱 한 번 재현하는 백강의 성검을 가지고 있다. 평화를 위해 싸우는 올곧은 소년 검사.

미스미스 클라스
Mismis Klass

제907부대 대장. 얼굴이 엄청나게 앳되어서 청소년처럼 보여도 실은 어엿한 성인 여성. 덜렁이지만 책임감이 강하고, 부하들에게도 신뢰를 받고 있다. 볼텍스에 빠지는 바람에 마녀로 변했다.

진 슐라건
Jhin Syulargun

제907부대 저격수. 귀신같은 저격 솜씨를 자랑한다. 이스카와 같은 스승님 밑에서 동문수학한 질긴 인연의 소유자. 성격은 차갑고 냉소적이지만, 동료를 아끼는 마음은 뜨겁다.

네네 알카스토네
Nene Alkastone

제907부대 기계 기술자. 병기 개발의 천재. 아득히 높은 곳에서 철갑탄을 발사하는 위성 병기를 조종한다. 실은 이스카를 친오빠처럼 잘 따르는 천진난만하고 사랑스러운 소녀.

미스야 인 엠파이어
Misya In Empire

사도성 서열 제5위. 통칭『만능 천재』. 검은 테 안경을 쓰고 양복을 입은 미녀. 학교 동기인 미스미스를 마음에 들어 한다.

네임리스
Nameless

사도성 서열 제8위. 광학 위장복으로 머리부터 발끝까지 온몸을 가리고, 전자화된 음성으로 이야기하는 남자. 자객 부대 출신. 초인적인 신체 능력의 소유자.

the War ends the world / raises the world

CONTENTS

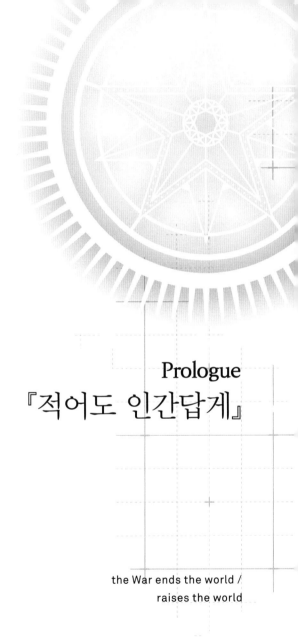

Prologue
『적어도 인간답게』

the War ends the world /
raises the world

제국도 네뷸리스 황청도 아닌 지역──.

이 세계는 광대하다.

제국과 황청이 세계 양대 강국이기는 해도, 두 나라를 합친 면적은 세계의 절반도 되지 않는다.

100개가 넘는 나라들과 전 세계에 흩어져 있는 중립도시들. 이러한 중간 세력이 완충재 역할을 해주기 때문에 양대 강국의 싸움은 간신히 전면전으로 발전하지는 않았다.

……분명히 그랬을 것이다.

═══════════

"휴. 역시 새벽바람은 차갑구나."

아침놀이 진 낙농 지대──.

네뷸리스 황청 국경 바깥에 있는 언덕에서 일리티아는 진한 초록빛 들판에 서 있었다.

"여기서 수송기를 기다린다. 약 한 시간 후 합류해서 제국령으로 귀환한다."

"알았어요."

일리티아 루 네뷸리스 9세.

제국 병사들을 향해 고개를 끄덕이는 그「마녀」는 아름다웠다.

사랑스럽고도 당당한 용모. 길고 예쁜 그 눈은, 그녀를 보는 사람을 전부 유혹하는 것처럼 웃고 있었다.

금빛 에메랄드그린 색깔의 머리카락은 크게 물결치면서 햇빛을 받아 반짝반짝 빛났다.

그리고 스무 살이라는 나이에 비해 성숙해 보이는 풍만한 가슴은 드레스 가슴팍에서 흘러넘칠 듯이 드러나 있었다.

미의 여신조차 부러워할 것 같은 최고의 미모──.

"수송기가 도착할 때까지 수상한 짓은 삼가길 바란다."

"물론이죠. 제국으로 연행되는 포로니까. 내 처지는 잘 알고 있어요."

그런 대답과는 달리──.

제국군 대장을 보고 윙크하는 그 천진난만한 모습은 오히려 이 상황을 학수고대한 것처럼 보였다.

"멋진 아침이에요. 이제 곧 황청이 근본적으로 뒤집힐 테지요. 그 시작의 순간."

일리티아가 자신의 풍만한 가슴에 손을 댔다.

그곳에는 약간 불그스름한 상처가 있었다.

온 세상 남자들의 시선을 사로잡는 그 아름다운 가슴에 딱 하나 생겨난 상처.

"여왕을 감싼 제1왕녀 일리티아가, 사도성 요하임의 칼에 베였다."

치명상이었다……고.

그 광경을 목격한 어머니인 여왕과 동생인 앨리스리제는 생각했을 것이다. 사도성의 칼이 그녀의 어깨부터 가슴까지를 베었고, 거기서 터진 핏방울이 여왕의 방을 물들인 순간에.

"……아팠어. 정말 가차 없이 베어주던걸."

그 흔적을 사랑스럽다는 듯이 손가락으로 어루만졌다.

이미 거의 다 아물었다.

가슴의 상처는 자신이 아직 인간이라는 증거. 한편 이 비정상적인 재생력은 자신이 점점 인간이 아닌 존재로 변해간다는 증거.

"……지금의 나는, 중간 정도인가."

약간 자조하는 것처럼 중얼거렸다.

그런 제1왕녀 일리티아의 일거수일투족을 관찰하는 것은 열 명이 넘는 제국 병사였다.

사상 최초.

제국군은 네뷸리스 직계인 「순혈종」을 사로잡는 데 성공했고, 한 시간 후에는 수송기에 태워 제국으로 연행할 것이다.

그러나 제국 병사들의 눈동자에는 일종의 곤혹스러움이 짙게 배어 있었다.

──이렇게 아름다운 여자가 진짜 마녀인가?

제국에서 마녀의 이미지는 추악하고 잔혹한 것이었다.

그런데 눈앞에 있는 이 여성은 어떤가.

꽃처럼 우아하고 단아하면서도 또 압도적인 기품을 지니고 있었다. 마녀라는 사악한 기척이 전혀 느껴지지 않아서, 놀라움을 감출 수 없었다.

"이봐요, 거기 당신."

"⋯⋯?!"

일리티아가 말을 걸자, 제국군 남성은 겁먹은 것처럼 눈을 크게 떴다.

"뭐, 뭐야, 왜?!"

"부탁이 하나 있어요."

총으로 손을 뻗으려고 하는 제국 병사. 그것을 본 일리티아는 살짝 쓴웃음을 지었다.

그리고 귀엽게 조르는 것처럼 쳐다봤다.

"물을 좀 주실 수 있을까요? 보다시피 몸이 뜨거워서 땀이 나네요."

몸을 숙이면서 자신의 쇄골 아래쪽을 슬쩍 보여줬다.

촉촉하게 땀이 난 가슴. 그 깊은 가슴골에 커다란 땀방울이 흡수되듯이 흘러 들어가는 광경은 너무나 매혹적이었다.

"부탁이에요, 네?"

"⋯⋯제국의 물이라도 괜찮다면 주마. 황청의 물은 없어."

"네, 물론이죠. 앞으로 제국의 신세를 지게 될 테니까요."

음료수 병을 받은 일리티아가 뚜껑을 따고 병을 입에 대려던 순간, 다른 한 손에 들고 있던 통신기가 소리를 냈다.

『안녕하신가? 일리티아 군. 다행히 통신기는 몰수되지 않았나 보군.』

"어머, 안녕하세요. 탈리스만 경."

제국 병사들에게 둘러싸인 채——.

그쪽 통신 부대가 이 통화를 듣는다는 것을 알고 있으면서도 일리티아는 상대의 이름을 당당하게 말했다.

『슬슬 국경을 빠져나갔을 것 같아서.』

"아주 좋은 타이밍이에요. 저도 황청의 상황이 궁금했어요."

『예정대로 대혼란이 일어났어.』

히드라 가문의 당주 탈리스만.

여왕 암살 계획의 주모자이자, 어젯밤 제국군의 침입을 도와준 장본인이었다.

『한 시간 후에는 왕궁 측이 국민을 상대로 발표할 거야. 어젯밤 제국군의 습격으로 인해 이 나라는 유례없이 엄청난 피해를 보았다고.』

"황청 전체가 흔들리겠군요."

순혈종이 납치됐다.

그중에는 일리티아 본인도 포함되어 있는데, 이것은 스스로 원한 것이었다.

모든 것은 조국을 뒤엎기 위해서였다.

『일리티아 군의 생각대로 일이 진행되고 있어.』

"그래요······ 정말, 잘됐네요."

병에 든 물을 입에 머금었다.

하지만 그러는 동안에도 이 아름다운 마녀에게는 이변이 일어나고 있었다. 얼굴이 창백해졌다. 이마에서는 대량의 땀이 났다. 통신기를 들고 있는 손도 떨렸다.

"······휴."

『흐음? 숨소리가 퍽 가늘게 들리는군.』

"네, 그로울리 경의 『죄』를 좀 많이 받아내는 바람에······. 그 모습일 때에는 버틸 수 있어도 지금은 인간 상태니까요."

입 밖에 낸 것은 조아 가문의 당주의 이름이었다.

죄의 성령을 가진 강력한 순혈종. 그는 히드라 가문의 음모를 어렴풋이 눈치챘었다.

"그로울리 경은 수면제로 재워놨습니다. 제국으로 수송되는 도중에는 깨어나지 못하도록 정량의 네 배를 투여했으므로 며칠 동안은 움직이지 못할 거예요. ······다만, 제가 기습을 한 것은 현명한 선택이었습니다. 정정당당하게 도전했으면 오히려 졌을지도 몰라요."

『어쨌거나 자네 덕분에 성가신 상대가 사라졌지 않나. 굉장한 힘이야.』

"사악한 마녀니까요."

이마에 땀을 흘리면서 제1왕녀는 제자리에 선 채 눈을 감았다.

"저의 **그 모습**을 본다면, 틀림없이 탈리스만 경도 환멸을 느낄 거예요."

『흐음? 하지만 그것은 스스로 선택한 것이잖나?』

"그렇죠. 저는 수단을 가릴 만큼 강하지 않으니까요……."

가장 약한 순혈종.

일리티아 루 네뷸리스 9세는 날 때부터 여왕이 되지 못할 운명을 지니고 있었다. 자신이 가진 「음성」의 성령은 아무 가치도 없었으므로.

그렇기에——.

일리티아는 황청과 결별했다. 강력한 성령을 가진 사람만 존경받는 『마녀의 낙원』을 근본적으로 뒤집어엎기 위해서.

『아 참, 그래. 시스벨 군은 무사히 손에 넣었다. 상응하는 대접을 해줄 것을 약속하지. 단, 예의 장소로 옮길 때만 잠깐 잠재울 거야.』

"네, 당신에게 맡길게요."

통신기를 붙잡고 있는 손에 힘을 줬다.

"……아, 그런데 탈리스만 경. 앞으로도 좀 더 왕궁에 남아 계실 건가요?"

『그럴 생각인데. 왜 그러나?』

"…………."

잠깐 뜸을 들이다가 일리티아는 조그맣게 말했다.

"어머니께 전해주세요. 밤에는 추우니까 따뜻하게 지내시라고."

『아직은 꽤 인간다운걸?』

통신기 너머에서 탈리스만이 쓴웃음을 지었다.

『인간인 '딸'과 인간이 아닌 '마녀' 사이에서 흔들리는 그 감정. 참으로 서글프군.』

"가족과 영영 이별하게 되었으니까요. 적어도 마지막에는 감상에 젖어도 되잖아요?"

통화가 끝났다.

제국 병사들의 시선을 느끼면서 일리티아는 다시 눈을 떴다. 들고 있던 통신기를 병사에게 맡기고 이번에야말로 음료수 병을 입에 댔다.

딱 한 모금.

그 약간의 수분을 보급하는 것조차도 뭐라 형용할 수 없는 메스꺼움을 동반했다. 일리티아는 어금니를 꽉 깨물었다.

육체가 수분 섭취라는 행동을 거부한 것이다.

──수분이 없어도 살 수 있다고.

이미 그렇게 되어가고 있었다.

"맞아, 그랬지……. 아아, 이젠 슬슬 익숙해져야지."

땀으로 촉촉해진 가슴에 손을 대고.

천천히 심호흡을 했다. 언젠가 자신은 이런 호흡조차 필요 없어질 것이다.

"적어도 인간답게. 그러나 마녀로서."

제1왕녀는 살짝 웃었다.

그 옆얼굴을 본 제국 병사가 한기를 느낄 정도로 아름답고도 예리한 냉소였다.

"팔대사도와 만나는 것도 오랜만이네. 지금의 나를 보면 많이 놀랄 텐데. 후후, 기대되는걸."

Chapter.1
『마녀사냥의 밤을 마치고
──다음 날 아침』

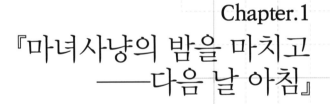

the War ends the world /
raises the world

1

끝없는 악몽의 밤이 물러간다.

영원처럼 느껴지는 기나긴 밤. 시계의 초침이 움직이는 것을 마른침 삼키며 지켜보고, 차가운 밤바람에 몸을 떨면서———.

이스카 일행은 마녀사냥의 밤을 넘겼다.

마녀의 낙원 「네뷸리스 황청」, 중앙주.

도심에서 떨어진 삼림 속에서.

"예상대로 엄청난 대소동이 일어났군. 왕궁 주변에는 보도 기관 기자들이 몰려들었고, 무장 경비대가 쫙 깔린 것 같아. 애초에 그쪽에는 접근할 마음도 없지만."

은발 저격수———진이 정보지를 꽉 움켜쥐었다.

역에서 배포된 보도 기관의 호외였는데, 거기 적혀 있는 사건은 전부 다 제907부대가 예상했던 내용이었다.

1. 제국군의 야간 왕궁 습격.

2. 사도성과 싸우다가 네뷸리스 여왕이 중태에 빠져 긴급 수술.

3. 왕족 여러 명이 행방불명. 제국으로 연행됐나?

모든 것이 전대미문이었다.

네뷸리스 왕궁에 제국군이 침입한 것도, 시조의 말예인 순혈종이 제국군에 붙잡힌 것도.

"뭐, 그럴 줄 알았지만. 하나부터 열까지 전부 다 제국군이 한 짓이라고 되어 있네……."

진과 같은 정보지를 손에 든 채 이스카는 씁쓸하게 중얼거렸다.

왕궁을 습격한 것이 제국군이라는 것은 사실이었다. 기사 내용이 맞았다. 다만 한 가지, 여기에 기재되지 않은 진실을 이스카 일행은 알고 있었다.

"쿠데타의 진범은 두 명이다. 일리티아와, 제국군을 불러들인 네놈이야."

제국군의 습격. 그것은 네뷸리스 황청의 왕가 중 하나인 「히드라」가 선동한 것이었다.

히드라 가문의 여왕 암살 계획과———.

황청 침략을 원하는 제국의 목표가 일치한 것이다.

……우리 제907부대에게 제국군의 이번 습격은 본디 기뻐해야 할 소식이었다.

……황청은 적이고, 그 적국에 대한 공격이 성공한 거니까.

하지만 지금 이 상황만은 예외였다.

제907부대는 시스벨 왕녀를 호위하는 일을 맡았었다.

그 시스벨이 히드라의 당주 탈리스만에게 납치됐는데, 그것조차도 황청의 민중은 제국군의 범행이라고 믿고 있었다.

이건 완벽한 누명이었다.

네뷸리스 여왕과 시스벨 왕녀의 목숨을 노린 것이 왕가의 혈맥인 「히드라」라는 사실을 알아차린 황청 국민은 단 한 명도 없었다.

"이스카 군."

나무 그늘 속에서 숲 바깥을 살펴보던 미스미스 대장이 이쪽을 돌아봤다.

"시스벨 씨가 어디 있는지 알아내면 연락이 오는 거, 맞지?"

"네. 지금은 그걸 믿을 수밖에 없어요."

시스벨을 납치한 것은 제국군이 아니다. 같은 왕가인 히드라 가문이다.

그 사실을 아는 사람은 이스카 일행. 그리고——.

〃결국, 네가………… 전적으로 옳았던 거구나. 내가 속았던 거야……〃

〃내가 히드라 가문을 쫓을게. 증거가 남아 있을지도 몰라.〃

제2왕녀 앨리스리제.

어젯밤에 이스카와 처절한 두 번째 사투를 벌였던 앨리스는 지금 동생 시스벨의 행방을 찾으려고 히드라의 동향을 조사하고 있을 것이다.

"네네야, 그쪽은 어때?"

"으음…… 아침이 돼서 통행인들이 조금씩 늘어나고 있긴 한데, 아마 히드라의 사병도 섞여 있을 거야. 우리가 나타나기를 기다리는 것 같아."

미스미스 대장 옆에서는 네네가 쌍안경을 붙들고 있었다.

함부로 숲 밖으로 나갈 수도 없었다. 평화로운 저 전원 지대의 길에도 틀림없이 히드라의 자객이 숨어 있을 테니까.

"이스카 오빠, 우리 아직도 가만히 있어야 해?"

"응, 당분간은. 하지만 이런 숲속에서 며칠씩이나 보낼 수는 없으니까. 어딘가로 이동해서 기다리는 게 좋을 텐데…… 너희들 의견은 어때?"

이스카가 질문을 던졌다. 내내 침묵하고 있는 다섯 명의 소녀들을 향해.

루 가문의 별장에 있었던 시종들.

유밀리샤, 아셰, 노엘, 시스테어, 나미——히드라의 자객에게 공격당한 이 다섯 명의 소녀들은 하나같이 기사를 들여다보고 있었다.

분노를 참지 못하는 표정으로.

"……이 제목."

가장 나이가 많은 시종인 유밀리샤는 떨리는 목소리를 억제하지 못했다.

그녀의 손안에서 얇은 종이가 꾸깃꾸깃 구겨졌다.

"『여왕, 정권 교체?!』라니…… 젠장, 웃기지 마. 시스벨 님을 빼앗아간 음모꾼 주제에!"

보도 기관이란 것도 허울뿐.

이 기사도 실은 히드라 가문이 투자한 기관에서 발행된 것이었다.

──국가 전복.

제국군의 침입을 허용해버린 여왕은 그 책임을 지고 은퇴하고, 새로운 여왕을 정하는 콘클라베를 서둘러 해야 한다.

그런 기사에서도 탈리스만의 음모는 분명하게 드러났다.

"뭐, 그렇게 화내는 것은 좋은데."

진이 답답함을 못 참고 재촉하듯이 말했다.

"이 나라의 정권이 어찌 되든 우리는 상관하지 않을 거야. 다만 너희들의 주인을 되찾아오겠다는 약속만은 지킬 거다. 이런 상황에서, 당분간 숨어 있을 만한 장소는 있나?"

"……루 가문의 별장으로 돌아가야 합니다."

다섯 명의 시종들을 대표해서 대답한 것은 유밀리샤였다.

"당신들이 말했듯이, 이 숲속에는 숨어 있으려고 해도 물자가 없어요. 식량도 물도 없죠. 또 부끄러운 이야기지만, 저희도 지금 몹시 지쳤습니다……."

"그 별장에는 접근할 수 없어."

진이 고개를 흔들었다.

"바로 얼마 전에 마녀 비소와즈인지 뭔지 하는 녀석의 성령술 때문에 성이 박살이 났잖아. 저택 부지 바깥에 구경꾼들이 모여 있을 거다. 그중에 히드라의 사병도 숨어 있을 가능성이 커. 우리가 모습을 드러내면, 제국군의 잔당이라면서 체포할 게 뻔해."

"그 별장이 아니라, 별장 뒤쪽의 은신처로 가자는 겁니다."

유밀리샤는 망설임 없이 말했다.

"별장 뒤에는 커다란 숲이 있습니다. 물론 그곳도 루 가문의 사유지인데, 그 숲에 물자 저장고가 있습니다. 거기서 며칠은 안전하게 보낼 수 있을 겁니다."

"……괜찮겠어?"

진 대신 그렇게 물어본 사람은 제국 부대의 통솔자인 미스미스 대장이었다.

"그곳은, 혹시……."

"네. 짐작하신 대로 그곳은 제국과의 전면전에 대비한 피난처입니다. 지금은 여러분의 힘이 필요하니까, 그곳으로 안내할 수밖에 없다는 것이 저희 시종 일동의 판단입니다."

유밀리샤가 뒤를 돌아봤다.

그 뒤에 있는 시종들 네 명이 마치 기다렸다는 듯이 일제히 일어났다.

"약속해주세요. 시스벨 님을 되찾는 것이 최우선입니다. 혹시

라도 배신하면——.”

“내 목숨을 줄게.”

살기처럼 느껴질 정도로 날카로운 시종들의 시선.

그 눈빛을 온몸으로 받아내면서 이스카는 주저 없이 그렇게 선언했다.

“그럴 각오가 없다면 우리는 황청에 남지도 않았을 거야. 어젯밤에 제국군과 합류해서 도망쳤을 테지.”

“…………”

“안 그래?”

“그렇군요. 확실히 그 말을 들으니 납득이 갑니다. 이곳에 저희와 함께 남아 있는 것이, 시스벨 님을 되찾겠다는 최고의 의사 표시란 거군요.”

훗 하고 유밀리샤가 살짝 쓴웃음을 지었다.

“은신처로 안내하겠습니다. 따라오세요.”

2

네뷸리스 왕궁——.

황청의 모든 권력이 집중된 이 성은 통칭 「별의 요새」.

고대의 성령술에 의해 무수한 성령들이 모여 결정화되었다고 한다. 평범한 불로는 그 외벽에 그을음 하나 남길 수 없고, 포탄으로 부숴도 하룻밤 만에 자동으로 수복된다.

함락 불가능.

그것이 이 왕궁이 100년 동안 과시해온 절대적 신뢰였다.

──그 100년의 신뢰가 무너졌다.

"그래, 마침내……."

여왕의 방.

알록달록한 스테인드글라스와 포도주색 융단과 장중한 돌기둥으로 구성된 신성한 홀.

아니, 신성한 홀이었던 장소. 앨리스는 그곳에서 숨을 내쉬었다.

아침 햇살을 받아 드러난 것은 처참하게 변해버린 여왕의 방이었다.

융단은 갈가리 찢어졌고, 2층의 스테인드글라스는 원형을 알아보지 못할 정도로 산산이 부서졌고, 거대한 돌기둥은 두 동강이 났다.

──어머니와 사도성 제1위 요하임의 전투.

지금도 생생하게 남아 있는 싸움의 흔적이었다.

그리고.

"…………."

바닥에 시커먼 얼룩으로 남아버린 핏자국에서 앨리스는 시선을 뗐다.

어머니와 일리티아 언니가 흘린 피.

이것이 전쟁이란 것이다. 피를 흘리지 않는 전쟁 따위는 없다. 그것은 알지만, 그래도 보고 싶지 않았다.

"앨리스 왕녀님! 왕궁 부지의 진화 작업은 전부 종료됐습니다!"

친위대 한 명이 여왕의 방으로 헐레벌떡 뛰어 들어왔다.

"연기는 남아 있지만, 불이 번질 위험은 없습니다. 현재 부지 내에서의 구조 활동 및 적군 수색 작업을 계속하고 있습니다."

"잘했어. 사도성이 남아 있으면 위험해. 수색할 때에는 왕궁 수호성과 함께 움직여."

"네!"

꾸벅 인사하고 떠나가는 친위대.

그 뒷모습을 지켜보는 것은 앨리스와 린, 그리고 같은 친위대 병사 여러 명이었다.

"린. 어떻게 생각해?"

"제국군은 이미 철수했을 가능성이 크다고 생각합니다."

아직도 뺨에 까만 그을음이 묻어 있는 린은 2층의 부서진 창문을 통해 바깥의 부지를 바라보고 있었다.

"간밤에 왕족 여러 명이 행방불명됐습니다. 유감이지만, 제국군에 붙잡혔다고 봐야 할 겁니다."

"……제국에는 충분한 전과겠구나."

"네. 순혈종을 붙잡았다면, 그놈들이 이곳에 더 머무를 이유는 없습니다. 물론 그런 생각을 역이용할 계획이라면 이야기가 또 달라지지만요."

"……맞아."

어금니를 꽉 깨물었다.

겨우 하룻밤.

겨우 몇 시간 만에, 네뷸리스 황청은 사상 최악의 손해를 입었다. 앨리스가 현시점에서 파악한 것만 해도 왕가의「희생자」는 최소 네 명이었다.

절대안정 한 명.

——여왕 밀라베어 루 네뷸리스 8세(왼팔 봉합 수술 중).

행방불명 세 명.

——루 가문 제1왕녀 일리티아(제국군에게 납치됨).

——루 가문 제3왕녀 시스벨(제국군에게 납치됨).

——조아 가문 당주 그로울리(정보 없음, 목격자를 찾는 중).

「심한 타격」이란 말로도 부족했다.

국가가 휘청거릴 만한 인적 피해였다. 시조의 말예인 순혈종이 제국의 수중에 넘어간 지금으로선, 제국의 다음 행동이 무엇일지 상상조차 할 수 없었다.

……그런데 이 전모에는 또 다른 진실이 숨겨져 있었다.

……이 왕궁에서 그것을 아는 사람은 나와 린, 두 사람뿐이다.

음모의 주모자가 있는 것이다.

앨리스가 제국만큼이나 증오하는 배신자가 존재했다. 여왕을 배신하고, 동생 시스벨을 납치한 진정한 악당이.

"이 침공은 제국군의 단독 음모가 아닙니다."

"쿠데타의 범인은 히드라 가문입니다. 당주 탈리스만이 제국 병사로 변장해 저택을 습격하고 파괴했습니다."

모두 제국군이 납치했다고 믿어 의심치 않을 것이다.

……나도 완전히 속아 넘어갔었어.

……이스카가 가르쳐주지 않았으면, 그 분노를 오로지 제국한테 쏟아부었을 테지.

어젯밤에 앨리스는 제국 검사 이스카와 두 번째 사투를 벌였다.

상대를 전혀 봐주지 않는 무자비한 혼신의 싸움을.

그것은 자신이 원하던 성전(聖戰)과는 전혀 거리가 멀었지만, 그래도 스스로는 그것을 멈추지도 못해서――.

"이제 그만하자."

"분노해서 이성을 잃어버린 앨리스하고는 싸우고 싶지 않아. 나와 앨리스가 싸워야 할 때는 지금이 아니야."

"…………"

"저, 앨리스 님? 앨리스 님, 괜찮으세요?"

"으, 응."

친위대 병사 하나가 말을 걸자, 앨리스는 퍼뜩 정신을 차렸다.

어젯밤 일을 떠올린 「한순간」이 아마 자신의 체감 시간보다도 훨씬 길었나 보다.

"외람된 말씀이오나, 많이 피곤하신 것 같습니다만……."

"아냐, 괜찮아. 미안해. 잠시 생각에 잠겼을 뿐이야."

억지로 미소를 지으며 얼버무렸다.

사실 피곤하기는 했다. 그렇게 온몸을 긴장시킨 임전 태세로 하룻밤 내내 신경을 곤두세운다는 것은 전쟁터에서도 흔히 있는 일은 아니었다.

여왕님 대신 지휘를 계속하느라 앨리스도 이제는 기진맥진했다.

"……아, 그래. 물 한 잔만 가져다줄 수 있을까? 계속 말을 했더니 목이 너무 말라."

"즉시 가져오겠습니다."

"포도당과 카페인 알약도 같이 가져와."

당분과 흥분제로 뇌를 각성시켜 피로를 없앤다.

쉴 수는 없다.

……우선 왕궁 내부의 안전을 확보해야 해. 또 국민에게 상황을 설명할 준비도 해야 해.

……그러면서 몰래 시스벨을 구할 방법도 생각해야 하고.

어금니를 꽉 깨물었다.

여왕님이 쓰러진 지금, 루 가문에서 활동할 수 있는 사람은 오직 자신밖에 없었다.

"앨리스 군, 여기 있나?"

뚜벅.

딱딱한 구두 소리를 내면서 여왕의 방으로 온 것은 검은색 옷을 입은 남자였다. 금속 가면으로 얼굴을 가린 이 남자도 왕가의 일원이었다.

"가면 경? 그 모습은, 대체……."

왕가 중 하나인 「조아」의 참모.

그의 옷은 여기저기 찢어지고 피가 묻어 있었다. 그 광경에 앨리스는 눈을 의심했다.

제국군과 싸운 건가?

그러나 저 상처는 총탄을 맞은 게 아니었다. 온몸을 찢긴 게, 마치 날카로운 칼에 베인 듯이 보였지만, 만약 그렇다면 저거보다 더 깊은 상처가 있어야 했다.

대체 뭐에 다친 걸까?

"아, 별것 아냐. 가볍게 춤을 췄을 뿐이지. 상대가 좀 말괄량이 같은 숙녀분이어서."

"……사도성입니까?"

"글쎄. 서로 예의 바르게 이름을 밝히지는 않았거든. 말로 유혹해보려고 했으나 정중하게 거절당했으니까, 이미 이 성을 떠났을 테지."

자못 진지한 얼굴로 그렇게 대답하는 가면 경.

"**여왕 대리인**에게 급히 보고할 것이 있어. 달의 탑은 일단 수색이 끝났다. 제국군은 남아 있지 않아. 그리고 도촬기기 같은 것은 지금부터 찾아볼 거야."

"네, 무사하셔서 다행입니다."

앨리스는 진심으로 그렇게 말했다. 설령 은밀하게 대립하는 사이여도, 그래도 혈족인 것이다. 희생은 적으면 적을수록 좋다.

"무사하다고? 그것은 잘못된 인식이야."

가면 경의 무자비한 대답이 앨리스의 감정을 짓밟았다.

앨리스나 린은 물론이고 이곳에 있는 친위대 병사들까지도 깜짝 놀라 돌아볼 만큼 큰 소리였다.

"우리의 왕궁은 제국군의 침공을 당했다. 아름다운 정원이 불타고, 많은 동포가 피를 흘렸으며, 왕족도 여러 명 행방불명되었어. 그중에는 우리 가문의 그로울리 당주님도 있다."

가면 경이 양팔을 벌렸다.

귀를 기울이는 친위대를 향해 호소하듯이.

"그리고 가장 큰 문제는 이번 일로 민중이 심각한 불안과 분노를 느끼고 있다는 것이다. 도대체 이 상황의 어디가 『무사하다』는 말인가?"

"…………."

"조아 가문은 몇 번이나 진언했었다. 지금 당장 제국을 공격해야 한다고. 그것을 계속 거부하다가 결국 제국군에게 선제공격을 당해버렸으니, 이번 일은 현 여왕의 책임이다."

여왕 교체——.

굳이 물어볼 필요도 없었다. 이 남자의 목적도 그것일 것이다.

"하지만."

가면 틈새로 흘러나오는 탄식.

"지금은 그런 이야기를 할 때가 아니야. 우리 조아 가문도 당주님의 행방을 추적하는 것이 선결 과제다. **도무지 이해할 수 없는 점이 있단 말이지.**"

"……그분이 역전의 성령술사라는 것은 잘 알고 있습니다."

별의 제2세대『죄』의 성령을 가진 자──.

조아 가문의 당주 그로울리의 엄청난 전력(戰歷)은 여기서 모르는 자가 없을 것이다.

……그분이 제국 병사에게 붙잡힐 리는 없다.

……사도성이라도 그분을 해치우기는 쉽지 않을 것이다.

그래서 조아 가문도 당황스러워하는 것이리라.

지금 당장 여왕이나 앨리스와 대립할 수는 없다. 당주가 없는 상황에서 루 가문을 대놓고 적대시하는 것은 위험한 짓이다. 그렇게 판단해서 결단을 내린 것이다.

"그런데──으음?"

가면 경이 말을 꺼내다 말고 고개를 살짝 기울였다.

여왕의 방에 또 한 사람.

하얀 양복을 입은 위장부가 우아한 걸음걸이로 등장한 것이다.

"앨리스 님."

"응, 알아. 린. 지금은 참으라는 거잖아."

주먹을 꽉 쥐고 분노를 눌렀다.

애써 평정을 유지하려는 앨리스 앞에 나타난 것은 히드라 가문이었다.

"무사해서 다행이야. 앨리스 군. 그리고 친위대 제군의 노력에
도 감사를 표한다."

시원시원한 목소리로 말하는 당주 탈리스만.

이목구비가 뚜렷한 그 잘생긴 얼굴은 아주 산뜻해 보였다. 또
세심하게도 앨리스뿐만 아니라 친위대 병사들에게도 신경을 써
줬다.

……정말 대담하구나.

……내 동생을 납치했으면서. 제국군을 불러들인 장본인 주
제에.

분노와는 별개로 일종의 외경심이 느껴질 정도였다.

그만큼 완벽했다. 국가 전복을 꾀하는 사건의 주모자로서의 날
카로운 엄니 따윈 전혀 보여주지 않았다. 그저 왕가의 당주로서
완벽하게 행동하고 있었다.

대체 얼마나 많은 경험을 쌓으면 저럴 수 있는 걸까?

"앨리스 군."

그 당주가 이쪽을 가만히 응시했다.

"자네 심정은 이해해. 일리티아 군과 시스벨 군이 행방불명되
었다고 하던데."

"!"

"둘 다 소중한 왕가의 동료잖아. 나도 꼭 힘이 되어줄게."

"……네. 감사합니다."

무슨 염치로 그런 말을 하는 거냐.

린이 곁에 있다는 안심감이 없었으면, 앨리스는 여기서 즉시 폭주했을지도 모른다.

——지금은 참자.

당주 탈리스만의 계획에는 공적인 증거가 없다. 여기서 그의 죄를 폭로하려고 해봤자, 부하들은 오히려 자신을 의심할 것이다.

그런데 그때.

"탈리스만 경도 무사해서 다행이군. 그런데 하나 물어보고 싶은 것이 있어."

입술을 깨물면서 꾹 참고 있는 앨리스에게는, 지금 이 순간만은 가면 경의 말이 고맙게 느껴졌다. 하늘이 주신 행운 같았다.

"아직 나도 전모를 완전히 파악하지는 못했지만, 이번 습격에서 **태양의 탑만** 제국군의 총격을 면했다. 그런 이야기를 들었는데?"

"아, 맞아. 적은 여왕궁을 공격하는 데 집중했다. 내가 그 의도를 좀 더 빨리 눈치챘더라면 우리도 더 많은 인원을 그쪽으로 보낼 수 있었을 텐데. 정말 유감이야."

"…………."

약간의 침묵.

가면 경과 탈리스만. 훤칠한 남자 두 사람이 단순히 마주 보고 있기만 해도 팽팽한 긴장감이 돌았다.

"그리고 또 하나. 우리의 당주 그로울리가 어제 새벽부터 행방불명 상태인데. 무슨 단서를 가지고 있지 않은가?"

"그런 건 없어. 하지만 우리 히드라에서도 수색대를 파견하겠네. 뭔가 알아내면 착실히 연락하도록 하지."

"고맙군. 그럼 난 이만 실례하겠다."

먼저 물러선 것은 가면 경이었다.

의외로 방금 그 대화는 앨리스에게도 큰 도움이 되었다.

……눈치챈 건가?

……조아 가문도, 제국군의 습격에 히드라 가문이 관여했다고 의심하는 것이다.

단, 증거가 없으므로 건드리진 못한다.

앨리스와 같은 입장인 것이다. 다만 차이점이 하나 있다면, 앨리스는 그 의심이 확신으로 변했고 조아 가문은 아직 추측 단계라는 것이리라.

"자, 그럼 앨리스 군. 앞으로 힘들겠지만 서로 협력하면서 이 위기를 극복해보자."

"……네."

여왕의 방을 떠나는 당주 탈리스만.

그 발걸음은 얄미울 정도로 당당했다.

"앨리스 왕녀님, 여왕님께서 깨어나셨습니다!"

그때 의료 부대의 간호사 한 명이 흰 가운을 입은 채 뛰어왔다.

"팔 수술은 끝났습니다. 아직 마취가 완전히 풀리진 않았지만, 약간의 대화는 가능할 겁니다."

"고마워. 당장 갈게."

린과 얼굴을 마주 보고 동시에 고개를 끄덕였다.

"린, 너는…….."

"계획대로 하겠습니다."

린은 가볍게 인사하고 앨리스 옆을 지나쳐 갔다.

──루 가문의 별장으로.

히드라의 자객에게 공격당해 별장이 반파됐다고 이스카가 말했다. 그 상황을 자기 눈으로 확인하러 가는 것이다.

……린, 부탁한다.

……절대로 네 행적을 히드라나 조아에게 들키면 안 돼.

"앨리스 님, 여왕님의 방으로 가시지요."

"그래, 물론 지금 당장 갈 거야."

네뷸리스 황청, 별의 탑.

루 가문의 당주의 개인실 「별들의 마천루」──네뷸리스 황청의 시조인 네뷸리스 1세를 시작으로, 루 가문의 당주들이 계속 사용해온 개인실이었다.

그곳의 거실에서.

여왕 밀라베어 루 네뷸리스 8세는 앨리스의 예상보다 훨씬 더 기운 있는 모습으로 창밖을 바라보고 있었다.

밤새도록 진행된 봉합 수술이 끝나고, 지금은 왼팔에 깁스를 하고 있었다.

"어마마마……."

"한심하네요. 변명할 마음조차 들지 않을 정도예요."

탄식하는 듯한 첫마디였다.

"내 나름대로 여왕의 책무를 다하기 위해 노력했는데…… 나는, 대체 언제부터 이렇게 나약해진 걸까요."

오른손으로 왼팔을 감싸면서.

딸인 앨리스를 돌아본 여왕의 옆얼굴은, 눈꺼풀이 좀 빨갛게 부어 있었다.

……어마마마. 우셨어요?

……아니면 장시간 마취의 영향인가요?

어머니는 이미 어젯밤의 결말을 전해 들으셨을 것이다.

장녀 일리티아가 사도성에게 끌려갔다는 것. 루 가문의 별장도 제국군의 습격을 당해서 거기 있던 삼녀 시스벨이 잡혀갔다는 것──을.

"수석 의사. 어마마마와 단둘이 있게 해주시겠습니까."

"네."

의사들이 방 밖으로 나갔다.

복도 저 멀리 사라져가는 발소리를 들으면서 앨리스는 문을 잠갔다.

"어마마마. 지금부터 중요한 이야기를 할 겁니다."

"……네, 뭐든지 좋아요. 이런 사태가 발생했으니까요. 기쁜 이야기가 아니란 것은 각오했습니다. 딸이 어머니의 잘못을 질책하는 것까지도 이미 각오했어요."

"기쁜 이야기는 아니에요."

자조하는 여왕을 똑바로 바라봤다.

"하지만 현재 상황을 뒤집어버릴 가능성도 있는 이야기입니다."

"뭐라고요?"

"동생을 되찾아올 겁니다. 제국군이 아니라 히드라 가문에서."

"……앨리스? 지금, 뭐라고 했죠?!"

네뷸리스 여왕의 목소리에 힘이 실렸다.

무표정했던 눈동자에 빛이 생겨났다. 이쪽을 쳐다보는 시선이 점점 예리하게 변했다.

"어마마마. 제국군을 불러들인 것은 히드라 가문입니다."

"…………."

"우리 별장을 습격한 것도, 제국군으로 변장한 히드라 가문의 사병들입니다. 별장의 시종 다섯 명이 그것을 목격했습니다. 그들은 무사해요."

"……앨리스. 믿어도 되는 건가요?"

"저의 여왕 계승권을 걸겠습니다. 별장의 시종 다섯 명을 만나보면 알게 되실 겁니다."

생각에 잠긴 여왕에게.

앨리스는 다소 강한 어조로 이야기를 계속했다.

"정황증거도 있어요. 어젯밤에도 태양의 탑만 제국군의 공격을 받지 않았습니다. 우연이라기엔 너무 부자연스러워요. 제국군의 습격 타이밍을 이용해 감옥에서 마녀 비소와즈가 탈옥한 것도 어마마마는 알고 계시잖습니까?"

"————."

"히드라는 제국군의 진격을 알고 있었던 겁니다. 아마 몇 년에 걸친 계획이었을 거예요."

"……양쪽 다 수단 방법을 가리지 않는군요."

잠시 후 여왕은 깊은 한숨을 내쉬었다.

"나도 쿠데타에 히드라 가문이 관여한 게 아닐지 의심했습니다. 시스벨만 돌아오면 진상을 알아낼 수 있을 거라고 낙관적으로 생각했는데, 설마 그걸 저지하기 위해 제국군까지 불러들일 줄이야……."

"네. 그런데 루 가문 시종들의 목격담까지 포함해서 현재로서는 정황증거밖에 없어요. 히드라의 아성을 무너뜨릴 결정적인 증거가 없습니다."

"그래서 시스벨이 필요한 거군요."

고개를 끄덕이는 여왕.

시스벨의 성령 「등불」은 과거의 사상(事象)을 입체영상으로 재현한다.

제3왕녀만 되찾아온다면——.

제국군과 공모한 것이 히드라 가문임을 밝혀내서 루 가문의 명예를 회복할 수 있을 것이다. 여왕의 정권도 다시 공고해질 것이다.

"고마워요, 앨리스. 대략이긴 해도 사건의 전모가 보이는군요.

그래서 맨 처음의 결론으로 돌아간단 말이지요. 시스벨을 되찾는
다…… 네, 물론이죠. 타산적인 이유를 제하더라도, 자기 자식을
위해 최선을 다하는 것은 어머니로서 당연히 해야 할 일입니다."

"네, 그래서 어마마마의 지혜를 빌리고 싶어요."

창밖을 힐끗 봤다.

우뚝 솟은 여왕궁과, 그 너머에 흐릿하게 보이는 태양의 탑을
쏘아보면서.

"그 애가 유폐된 장소가 어디인지. 짐작 가는 곳이 있으신가요?"

━━━━━━

온통 새하얀 색이었다.

얼룩 하나 없는 하얀 페인트로 칠해진 바닥과 천장과 벽. 자신
이 누워 있던 침대도 흰색.

"……범인은 나를 언제까지 여기 가둬두려는 걸까요."

벽에 부딪혀 메아리치는 소리.

문이 없는 방. 사방의 길이가 겨우 몇 미터밖에 안 되는 독방 같
은 개인실에서 시스벨은 몇 번째인지 모를 혼잣말을 되풀이했다.

시스벨 루 네뷸리스 9세━━.

동화 속 여주인공처럼 사랑스러운 외모. 선명한 붉은 금빛 머
리카락이 아름다웠다.

그 커다란 두 눈에는 왕녀로서의 강한 의지가 담겨 있었다.

"나는 굴복하지 않을 거예요. 이런 건…… 제국의 감옥에 갇혔을 때의 한기에 비한다면."

침대가 있다.

침대에는 청결한 시트도 깔려 있다. 이 시점에서 제국의 감옥과는 비교도 안 될 만큼 좋은 대우였다.

……나를 가둬놓는다.

……단, 왕녀를 홀대하지 않는다는 최소한의 변명은 할 수 있게끔.

즉, 이곳은 **그런** 방이다.

그런데 범인은 나를 어떻게 하려는 걸까?

"단순한 입막음인 줄 알았는데, 가둬놓은 것을 보면 다른 목적이 있나……?"

여차하면 루 가문에 대한 인질로 활용하려는 건가?

"……아, 그래요!"

아주 좋은 생각이 머리에 떠올랐다. 시스벨은 고개를 번쩍 들었다.

그래. 왜 지금까지 그 생각을 못 했을까.

"내가 이 방으로 운반될 때까지의 과정을 『등불』로 재현하면 되잖아요……?!"

히드라 가문의 누가 자기를 여기로 데려왔는지.

그것만 알아내도 충분한 수확이다.

그리고 문이 없는 이 방에서 탈출하는 방법도 추측할 수 있을 것이다.

"별이여."

가슴팍에 손을 댔다.

아직 미성숙한 가슴보다 조금 더 위쪽. 그곳에 생긴 성문(星紋)이 빛나기 시작했다.

"그대의 과거를 보여──엇?!"

숨이 막혔다. 시스벨은 뒷말을 잇지 못했다.

눈앞에 문이 나타난 것이다.

분명히 아무것도 없었던 하얀 벽 안쪽에서 직사각형 문이 불룩하게 튀어나왔다.

아니, 그게 아니다.

문은 처음부터 있었다.

……단지 내가 눈치채지 못한 건가?

……인식을 저해하는 기능? 아니면 고도의 위장 성령술?

아무튼 자신이 잠들어 있는 동안에 술수를 부렸을 것이다. 분하게도 지금까지 성령술에 속아 넘어갔다는 사실을 전혀 눈치채지 못했었다.

"뜸 들이지 말아요. 성령술을 해제했다는 것은 자기 모습을 보이겠다는 뜻이잖아요. 자, 나오세요!"

문을 향해 손가락질하면서.

당당하게 외치는 시스벨의 눈앞에서, 문이 끼이익 소리를 내며 열렸다.

중앙주, 삼림 지대.

수십 년 동안이나 사용되지 않은 오래된 창고——그 녹슨 문을 열었을 때, 이스카는 자신의 눈을 의심했다.

"……겉모습만 낡은 창고인 거구나."

튼튼한 콘크리트 벽으로 구성된 방에는 최신식 통신기기가 설치되어 있었다.

중앙에는 회의 공간이 준비되어 있었고, 방구석에는 비상용 식량과 물이 든 상자가 산더미처럼 쌓여 있었다.

제국군의 기지로 착각할 만한 광경이었다.

"훌륭한 작전 거점이군. 제국의 회의실도 이 정도로 으리으리하진 않은데."

진은 콘크리트 벽에 정렬된 기관총 일식을 보면서 말했다.

루 가문의 별장이 파괴된 현재 상황에서도, 이 은신처가 있으면 작전 지휘는 아무 문제 없을 것이다.

"우와! 저기저기, 대장님, 이 통신기 좀 봐. 제7세대 통신 시스템이야. 100km 떨어진 자동차를 거의 딜레이 없이 무인 운전 할 수 있는 차세대 무선이야. 제국에서도 제도 이외에는 아직 설정되지 않——."

"때와 장소를 생각해주세요."

"……죄송합니다."

시종들이 째려보자, 풀 죽은 네네는 입을 다물었다.

"이곳이 루 가문의 은신처입니다. 숲속이라 지상 1층짜리 건물입니다만, 지하 2층까지 있으므로 실제 면적은 꽤 넓은 편입니다. 다만."

나이 많은 시종인 유밀리샤가 플로어 안쪽을 가리켰다.

지하로 가는 계단이었다.

"숨길 필요도 없을 테지만, 이 은신처는 황청의 기밀 중의 기밀입니다. 제국인에게 알려주고 싶지는 않아요. 특히 이 지하 1층 아래쪽은."

"알았어. 우리는 지하에는 가지 않을게. 그 계단에도 접근하지 않을 거야."

시선을 옆으로 돌렸다.

미스미스 대장님이 고개를 끄덕이자, 이스카도 또 고개를 끄덕거렸다.

"그러면 될까?"

"네, 그렇게 해주세요. 이미 눈치채셨을 테지만 이 거점에서는 모든 언동이 기록됩니다. 나중에 왕가가 직접 확인할 수 있도록."

천장 구석에는 감시 카메라가 달려 있었다.

물론 은신처에 한 발 들여놨을 때부터 이스카도 눈치챘다.

"옛말에 '자두나무 밑에서 갓을 고쳐 쓰지 말라'고 했습니다. 절대로 수상한 행동은 하지 말아주세요."

"──그리고 적절한 태도를 유지해주신다면, 저희 시종 일동은 여러분을 손님으로 모실 겁니다. 그것이 시스벨 님의 지시였으니까요."

시종 유밀리샤에 이어서 그렇게 말한 것은, 등 뒤에서 다가온 또 다른 소녀였다.

깨끗한 수건을 두 손으로 들고 있었다.

"방을 내어드리겠습니다. 각 방에 욕실이 딸려 있으니, 시간이 있을 때 사용하셔도 됩니다."

"시간이 있을 때……?"

"앞으로 두 시간 이내에 린 님이 이 은신처로 오실 겁니다."

그렇게 대답한 소녀 시종은 뒤돌아선 채, 탁자 위의 통신기를 계속 바라보고 있었다.

"시스벨 님의 탈환에 관한 지시를 내려주실 거예요."

━━━━━━━

"우선 사정을 듣고. 그다음에 앨리스 님께 연락해서……."

루 가문의 사유림.

수십 년 동안 인간이 거의 건드리지 않은 천연 동물 길을 따라, 린은 캐리어를 끌면서 종종걸음으로 계속 걷고 있었다.

수수한 검은색 양복으로 갈아입고 왕궁을 떠난 그녀는 공용차 대신 택시 환승을 이용해서 도시의 교외로 나갔다. 그 후 걸어서 전원 지대를 통과했다.

　——미행을 따돌리기 위해.

　왕궁은 물론이고 루 가문의 별장 주변에도 탈리스만의 사병이 잠복하고 있을 것이다. 그들에게 들키지 않기 위한 고육지책이었다.

　"……히드라 놈들, 잘도 그런 짓을 했구나."

　이 숲으로 들어오기 몇 분 전.

　린은 루-에르츠 궁전을 울타리 밖에서 언뜻 보고 할 말을 잃었다.

　원형을 알아볼 수 없을 정도로 파괴된 고성. 단 하루. 어제저녁에는 아직 장엄한 모습이었던 성이 무너진 것이다.

　"……비소와즈의 성령술이군."

　거대한 포탄을 맞은 듯한 함몰. 그 파괴의 흔적은 마녀 비소와즈의 필살기『시체의 마탄』이 틀림없었다.

　그 모습을 보고 확신했다.

　어젯밤에 루-에르츠 궁전을 습격한 것은, 당주 탈리스만이 이끄는 히드라의 자객들이다.

　……그나마 딱 하나 다행인 것은 저택의 시종들이 무사하다는 것.

　……그 제국 검사에게 빚을 진 것이 좀 불쾌하긴 했지만.

　스스로 되뇌었다.

　지금은 전직 사도성 이스카의 힘이 필요하다.

"……그 녀석에게 뭔가를 부탁하기는 싫지만."

가장 중요한 것은 시스벨 왕녀 탈환.

그것을 위해서는 이스카의 힘이 필요하다. 그런 앨리스의 제안은 린도 마지못해 받아들일 수밖에 없었다.

왕궁을 습격한 제국군과 비슷한 수준으로 지금은 히드라가 몹시 증오스러웠다.

"두고 봐라, 히드라. 이 빚은 반드시 갚아주마."

그렇게 다짐하는 린 앞에 녹슨 창고가 나타났다. 조아도 히드라도 모르는 루 가문의 은신처였다.

"여기 들어가는 것은 1년 만인가……."

스페어 키로 금속 자물쇠를 열었다.

붉은 녹으로 위장한 문짝을 열자, 그 너머에는 최신식 설비가 갖춰진 콘크리트 플로어가 펼쳐져 있었다.

"나 왔어. 예정보다 일찍 도착…… 으음?"

놀라서 눈을 깜빡거렸다.

은신처에 들어오자마자 보이는 회의 공간에 아무도 없었기 때문이다. 별장의 시종 다섯 명은 물론이고, 이스카를 비롯한 제국 부대의 모습도 보이지 않았다.

마시다 만 음료수 병이 있으니까 이 집 어딘가에 있는 것은 틀림없는데.

"안쪽 방에서 회의 중인가?"

자신이 여기 온다는 사실은 미리 전달해놓았다.

그에 앞서서 자기들끼리 시스벨 탈환을 위한 회의 중인 게 분명했다.

"흠, 그래. 제국 부대치고는 기특한 마음가짐이군."

캐리어를 끌면서 1층 복도로 나아갔다.

여러 개의 작은 방으로 각각 통하는 문 너머에서 무슨 소리가 들렸다. 린은 그 문의 손잡이를 잡았다.

"나다. 들어간다."

"응? 이 목소리는…… 린?!"

문 너머에서 이스카의 목소리가 들렸다.

역시 여기서 회의하고 있었구나.

"앗, 잠깐! 잠깐만, 지금은————."

"무슨 소리 하는 거냐. 들어간다."

문을 열었더니 안에는 예상대로 이스카가 있었다.

그런데…….

예상치 못한 이스카의 모습에 린은 눈앞이 하얗게 변하는 것을 느꼈다.

"아, 저…… 방금 샤워하고 와서……."

"————————."

이스카는 옷을 안 입고 있었다.

그의 말마따나 욕실에서 땀을 씻어내고 나온 것이 틀림없었다.

린도 실은 꽃다운 나이의 소녀였다. 같은 또래 남성의 맨몸을 보고 아무것도 느끼지 않을 리 없었다.

잘 단련된 이스카의 육체는 옷을 입었을 때보다도 탄탄해 보였다. 물기를 머금어 반짝반짝 빛나는 까만 머리카락이 이마에 달라붙어 있는 것도, 평소의 그와는 달리 어른스러운 느낌이 들어서————.

"……는 무슨, 그게 아니잖아아아앗!"

새빨개진 얼굴로 린은 손에 들고 있던 캐리어를 이스카 쪽으로 던졌다.

"네 이놈, 도, 도도도대체 뭘 보여주는 것이냐! 나, 나도…… 열일곱 살밖에 안 된 소녀란 말이다. 이 노출광아!"

"아니, 제멋대로 들어온 사람은 너잖아?!"

"책임져!"

"내가 왜?!"

이스카는 몹시 당황하여 수납장 뒤로 도망쳤다.

"우리는 어젯밤에 히드라의 자객한테 습격당했단 말이야. 상처를 물로 깨끗이 씻지 않으면 곪아서 큰일 난다고!"

"……일단 옷이나 입어라. 나는 뒤돌아 있을 테니까."

뒤돌아 있는 동안, 같은 또래 소년이 옷을 갈아입는 희미한 소리가 저절로 귀에 들어와서 괜히 부끄러워졌다.

"계속 옷 갈아입으면서 들어라."

헛기침을 하고 나서 말했다.

"어젯밤에 루 가문의 별장에서 무슨 일이 일어났는지는 앨리스 님을 통해 들었다. 나는 그것을 확인하기 위해 시종들의 이야기

를 들어보러 왔어."

"……응, 그래."

"그 전에 하나. 사적인 질문을 하고 싶은데."

린의 개인적인 호기심이었다.

입장이든 뭐든 다 무시하고. 일개 무인으로서, 이 검사에게 물어보고 싶은 것이 있었다.

"어젯밤에 앨리스 님과 싸웠다는 것은 사실이냐?"

"…………."

등 뒤에서 소년이 한동안 침묵했다.

"사실이야. 앨리스는 모든 것이 제국군 탓이라는 생각에 사로잡혀 있었어. 그래서 우리도 용서할 수 없다고 했고."

"그럼 앨리스 님은 진심으로 네놈을 죽이려고 싸우셨을 텐데? 아닌가?"

"그래. 진심이었지. 가차 없었어."

"……그랬구나."

린의 입술에서는 안도와 쓴웃음이 섞인 한숨이 흘러나왔다.

"뭐야, 그 한숨은?"

"안심해서 그런다. 너니까 솔직하게 말하는 건데, 난 사실 불안했다. 혹시나 앨리스 님이 너를 매우 마음에 들어 하셔서 진심으로 싸우지 못할까 봐."

뒤를 돌아봤다.

눈앞에서는 옷을 다 갈아입은 이스카가 "그럴 리가" 하고 어깨를 으쓱하고 있었다.

"불안했다고? 그런 건 기우야. 네 주인님은 그렇게 무른 성격도 아니고, 나도 우리가 그런 관계가 되기를 원하지는 않아."

"그래서 안심했다는 거다. 그리고 또 하나. 이것은 정반대되는 감상인데……."

이스카를 흉내 내듯이.

린은 기막혀하는 것처럼 어깨를 으쓱했다.

"진심으로 덤비는 앨리스 님과 싸웠으면서, 너도 용케 무사했구나. 지금만은 네놈의 그 괴물 같은 실력이 믿음직하게 느껴진다."

"……시스벨 때문에?"

"물론이지. 히드라에게서 시스벨 님을 되찾아오기 위해서, 이번만은 나도 너희에게 협력을 청하고 싶다."

그리고 바닥에서 굴러다니는 캐리어를 들어 올렸다.

캐리어 안은 텅 비어 있었다.

"너희들의 짐을 여기 넣어라. 이동할 거다."

"또 이동한다고? 우리도 이제 막 여기 왔는데?"

"이 기지는 왕궁에서 너무 멀어. 왕궁과 멀다는 것은 다시 말해, 히드라의 거점에 숨어들기 불편하다는 뜻이다."

"그렇군……."

"이곳을 떠나 도심으로 갈 거다. 어때, 다들 잘 들었지?"

계속 열려 있는 문.

그곳에는 두 사람의 대화를 듣고 모여든 시종들이 있었다. 게

다가 미스미스 대장, 네네, 진도 있었다.

"당장 준비하도록 해. 시스벨 님이 언제까지 무사하실지 알 수 없으니까."

Intermission
『그리고 세계는 움직인다
　　　──이틀 후』

the War ends the world /
raises the world

네뷸리스 황청을 습격한 『마녀사냥의 밤』———.

그로부터 36시간이 지난 현재.

사도성이 지휘하는 제국군 정예 부대는 어느 중립도시에 들렀다.

———중립도시 슈라바.

대낮의 큰길은 평소처럼 혼잡하고 시끌벅적했다.

다만.

무장 경비대가 통신기를 들고 서로 연락하는 모습도 보였다.

"어, 뭐야? 취객이 어디서 난동이라도 부렸나? 저기, 리샤야. 중립도시치고는 왠지 분위기가 살벌하지 않아?"

"남의 일 대하듯이 말씀하시는데요. 이건 십중팔구 우리 때문이거든요?"

"아, 그 습격? 제국과 황청과의 전쟁은 중립도시하고는 상관없잖아?"

"쉿. 메이 씨, 남들이 다 들어요."

느긋하게 대로를 걷고 있는 두 여성.

그중 하나는 구릿빛 피부를 지닌 조그만 여성이었다. 이리저리 뻗친 곱슬머리와 입술 사이로 언뜻언뜻 보이는 송곳니까지 더해져서, 마치 야생의 고양잇과 육식동물처럼 보였다.

그리고 그 옆에는 검은 테 안경을 쓴 늘씬한 검은 머리 여성이 있었다.

"뭐 때문에 일부러 수송기 안에서 옷을 갈아입었다고 생각하는 거예요? 우리는 선량한 일반인이라고요. 제국이나 황청과는 상관없는 일반인."

"그런 척하라는 거지? 네~ 네, 알았어요."

얇은 탱크톱과 핫팬츠라는 자유롭고 가벼운 복장.

휴일에 놀러 나온 여학생처럼 보이는 이 여자──메이가, 제국군 최상위 전투원『사도성』제3위라는 사실은 아무도 모를 것이다.

"저기저기, 리샤야. 내 옷 어때?"

"잘 어울려요. 하지만 이왕 변장할 거면, 저로선 치마나 원피스를 입은 메이 씨의 모습이 보고 싶었는데요."

"에이, 싫어. 치마는 금방 훌렁 뒤집히잖아?"

"오~? 바람 불어서 팬티 보이는 게 부끄럽다, 이겁니까?"

"나뭇가지에도 걸리고. 물속에서 헤엄칠 때도 방해되고."

"……잘은 모르겠는데요. 아마 보통 여자라면 치마를 입은 채 나무에 올라가거나 물속에 들어가진 않을 거예요."

"어? 진짜?"

깜짝 놀란 말투로 메이가 고개를 돌렸다.

옆에 있는 동료를 빤~히 쳐다봤다.

"그런데 리샤야. 양복 잘 어울린다."

"원래 천제 각하 옆에서는 대체로 양복을 입어요."

사도성 제5위 리샤는 회색 양복을 입고 있어서 완벽한 회사원처럼 보였다.

"으응? 저, 리샤야. 헤어스타일 바꿨어?"

"그걸 이제야 물어보다니…… 수송기 안에서도 내내 이러고 있었는데."

어깨를 축 늘어뜨리는 리샤. 길고 검은 머리카락을 뒤로 모은 헤어스타일이었다.

덤으로 양복도 입었고 눈매까지 서늘하니, 우수한 여성 비서관처럼 아름다운 모습이 완성된 것이었다.

"천제 각하의 곁에 있을 때나 공무를 수행할 때는 대개 이런 모습이에요. 전투에 나가거나 집에서 빈둥거릴 때만 머리를 풀고 있는 거죠. 아, 아니 잠깐만, 메이 씨. 설마 그것도 몰랐던 거예요?!"

"하하하, 내가 그런 걸 눈치챌 리 없잖아?"

"……네. 뭐, 됐어요. 저도 알고는 있으니까."

리샤는 휴 하고 한숨을 쉬었다.

그리고 자기 뺨을 어루만지듯이 손가락으로 건드렸다.

"말쑥한 차림새로 숨기려고 해봤자, 얼굴에 이렇게 큰 상처가 있으면 어차피 다 소용없잖아요. 네, 나도 당연히 알죠."

그 손가락이 뺨에 붙어 있는 반창고에 닿았다.

게다가 리샤가 쓰고 있는 안경도 강화 플라스틱 렌즈에 금이 가 있었다.

——사투의 흔적.

네뷸리스 왕궁을 습격한 이 사도성 두 명은 둘 다 시조의 말예들과 치열한 싸움을 벌인 직후였다.

메이도 탱크톱 밑의 어깨에는 피가 난 흔적이 남아 있었다.

"메이 씨의 그 빠른 상처 회복력이 부러워요. 나는 빨리 제국령으로 돌아가고 싶은데 말이죠. 이 안경도 수리해야 하고."

"아, 그래. 순혈종한테 맞아서 깨졌다고 했나?"

"총탄도 튕겨내는 렌즈인데 말이죠. 물론 그 괴물들과 싸웠는데 피해가 이 정도라면 선방한 편이지만요."

속닥속닥 대화를 계속하면서.

리샤와 메이는 중립도시의 중심가를 걸었다. 인파에 섞여 느긋하게 걸음을 옮기다가, 가끔은 메이가 노점에서 점심밥을 충동구매 하기도 했다.

"리샤야. 이 로스트비프 샌드위치 맛있다."

"수송기 안에서 식사하지 않았어요?"

"그건 그거고. 이건 이거지."

빵을 씹어 먹는 메이.

"남자들은 수송기 안에서 대기하고 있잖아? 같이 왔으면, 맛없는 군량 말고 이 샌드위치를 먹을 수 있었을 텐데."

"제8위는 팔 치료 중. 제1위는 포로가 된 순혈종을 감시하고 있잖아요. 그리고 우리도 볼일을 봐야지요. 밥 먹으러 들른 게 아니니까요. ——아, 저기 신문팔이 소년이 있네요. 이봐요, 그거 한 부 줘요."

리샤가 동전을 던졌다.

그리고 이 거리에서 대량으로 배포되고 있는 신문을 건네받았다.

"아, 저쪽에도 있네. 메이 씨, 얼른 뛰어가서 저쪽 신문을 사 와 주세요."

"우물우물…… 응? 아, 저쪽에 있는 과일 주스?"

"한 글자도 안 맞았잖아요. 어휴. 천제 각하께 보고를 드리기 위한 자료를 모아오지 않으면 혼난단 말이에요. 우리 같은 병사들은 싸우면 그걸로 끝이지만, 천제 각하는 온 세상의 의견에 신경 쓰시는 분이니까."

신문과 잡지를 여기저기서 사 모은다.

그것이 수송기를 착륙시키면서까지 중립도시에 들른 이유였다.

제국과 황청의 전쟁——.

현재 전 세계가 두려워하는 것은 「양대 강국의 전면전 개시」다. 서로를 멸망시키려는 그 전쟁의 불똥은 중립도시에까지 튈 수도 있다.

"불안해진 다른 나라들이 이번 일을 계기로 황청의 편을 든다……. 그런 일이 없도록, 여론을 감시해야 한다는 거죠."

"응, 그래서? 실제로는 뭐라고 적혀 있어?"

"『전면전, 발발?!』이랍니다. 예상대로 네뷸리스 왕궁을 직접 공격한 건 중립도시도 깜짝 놀랄 일이었던 모양이에요."

제국군이 시조의 말예를 포획하는 데 성공했다.

이것은 과거 100년의 역사상 처음 있는 일이었다. 전쟁에서 제국군이 단번에 유리해졌다고 해도 과언이 아닐 것이다.

"네뷸리스 황청이 대대적인 보복을 시작할 것이다──라고 예상하는 식자들도 많은 것 같아요. 이 기사만 보면."

100년 동안 계속되어온 「눈치 싸움」의 시대는 끝났다.

이제부터는 전면전의 시대다.

제국군은 최신예 파괴 병기를 아낌없이 전선으로 내보낼 테고, 네뷸리스 황청에서도 지금까지 가만히 있던 시조의 말예들이 활동을 개시할 것이다.

"……그래."

리샤는 여기저기서 사 모은 신문들을 양팔로 끌어안고 살짝 위를 쳐다봤다.

"여기까지는 팔대사도가 그린 청사진과 같은데. 천제 각하, 외람된 말씀이지만, 슬슬 움직이지 않으면 멈추지 못하게 될 거예요."

───────────────

기계로 된 이상향『제국』.

마녀의 낙원『네뷸리스 황청』.

세계 양대 강대국의 전쟁은 사상 최대 규모로 발전해서 이제 온 세상을 전쟁의 불구덩이 속으로 끌어들일 것이다.

『──라고 생각할지도 모르지. 세상 사람들은.』

『**그런 일은 일어나지 않아.** 시조의 말예들에게 다소나마 지혜란 것이 있다면, 지금은 덤벼들 때가 아니란 것은 확실히 알 테지.』

제국 의회.

이「제국」의 최고 의사 결정 기관에서 남녀 여덟 명의 목소리가 울려 퍼졌다.

제국 의회를 통괄하는 여덟 명의 최고 간부『팔대사도』──그 들은 모습을 드러내지 않는다. 단지 정면 벽에 설치된 모니터에 어렴풋한 얼굴 윤곽만 나타날 뿐이다.

『네뷸리스 황청도 이미 순혈종이 포로가 됐다는 사실은 알고 있을 터.』

『여왕이 부상당해서 정권이 정지된 것도 중요한 요인이야.』

『여왕 부재, 심지어 강력한 순혈종이 납치되는 바람에 황청 백 성들은 혼란에 빠졌어.』

고로 전면전은 벌어지지 않는다.

주체가 되는 네뷸리스 황청이, 불안해하는 민중 때문에 그럴 만한 상황이 아니므로.

『황청의 보복은 한참 후에나 이루어질 거다.』

『그동안 우리는 귀중한 순혈종이라는 샘플을 이용해 성령 연구를 할 수 있어.』

조아 가문의 당주 그로울리.

제국군은 시조의 말예라는 최고의 연구 대상을 손에 넣었다. 그 『죄』의 성령은 제2세대형으로 추측되는 매우 귀중한 것이었다.

『기억이 나는군. 과거에 피험자 (일리티아)를 손에 넣었을 때 우리는 크게 실망했었지. 너무나 도움이 안 되는 성령. 시조의 말예라고 할 수도 없는 수준이라고.』

『그러나──.』

『그것이 가장 큰 실수였어.』

제국 의회에 침묵이 흘렀다.

드물게도.

참으로 드물게도, 팔대사도의 입에서 초조함에 가까운 감정이 흘러나왔다.

『연구를 서둘러 진행하자.』

『피험자 는「그것(별)」과의 적합률이 너무 높아. 앞으로 어떻게 변화할지 예측하기 어렵다. 마녀 비소와즈처럼 안정화되는 것이 이상적인데.』

Chapter.2
『내가 모르는 그의 모습
(앨리스의 학습)』

the War ends the world /
raises the world

1

제국군의 습격 이후로 3일이 지났다.

네뷸리스 황청에 모여드는 외국 보도 기관의 숫자는 사상 최대를 기록했다.

공식 성명——직접 공격당한 왕가가 마침내 공식 발표를 하겠다고 선언했기 때문이다.

모여든 기자들.

그들 앞에 등장한 왕가의 대표는, 마치 유명한 잡지 모델처럼 하얀색 고급 양복을 차려입은 중년 위장부였다.

"나는 이번에 대표가 된 탈리스만이오. 잘 부탁하겠소."

『왕가의 상황을 설명해주십시오.』

"왕가는 나라를 지키는 자로서 단결하고 있소. 제국군의 만행에도 앞으로 냉정하게 대처해 나갈 것이오."

『중립도시나 다른 나라에서는, 제국에 복수하기 위해 전면전을 개시할 거라는 우려의 목소리도 나오고 있는데요.』

"——부디 안심하시길. 복수도 전면전도 없을 거라고 단언하겠소."

히드라 가문의 당주 탈리스만.

그 남자의 자신만만한 대답에 기자들이 일제히 안심하여 가슴을 쓸어내렸다.

"우리가 해야 할 것은 제국군에 대한 정의의 규탄이오. 전 세계가 우리 네뷸리스 황청의 편이 되어주기를 진심으로 바라오."

『다음으로, 제국군의 침입을 초래한 현 여왕의 책임은 어떻게 됩니까?』

"부상당한 여왕을 비난하는 것은 잔인한 짓이라고 생각하오. 우리는 여왕의 지도하에 일치단결하여 세계평화를 위해 노력할 것이오."

한없이 온후한 말투로 평화와 정의를 강조한다.

그런 그의 문답에 대해.

"……웃기지 마."

앨리스는 자기 방 거실에서 어금니를 꽉 깨물었다.

저 악당.

제국군과 공모해서 왕궁을 습격당하게 만들고, 또 내 동생까지 끌고 갔으면서.

"정의는 무슨 정의야. 여왕의 지도하에 일치단결? 어떻게 뻔뻔하게 저런 말을 하지?!"

분노를 억누를 수 없었다.

앨리스가 저 방송 현장에 동석했더라면, 기자들 앞에서 온 힘을 다해 탈리스만을 공격했을지도 모른다.

……정말 화가 나.

……황청을 배신한 사건의 주모자라는 것을 아는데도, 건드릴 수가 없다니.

신사인 척하는 미소 뒤에 마인의 본성을 감추고 있는 당주 탈리스만. 현재로선 시스벨을 탈환하는 것 외에는 반격할 방법이 없었다.

"윽."

한순간 현기증 같은 권태감이 몰려왔다. 앨리스는 손으로 테이블을 짚었다.

제국군의 습격 이후로 3일 동안.

그 전날 밤부터 앨리스는 한숨도 자지 못했다.

다친 어머니 대신 부하들을 지휘하고, 동생 납치 사건에 대한 대책을 필사적으로 생각한 탓이었다.

"아직은 안 돼…… 조금만 더 힘내자."

테이블에 놓여 있는 유리병에 남아 있는 카페인 알약을 집어서 한꺼번에 몇 개나 씹어 삼켰다. 혀에 남는 쓴맛도, 코끝에 남는 특징적인 냄새도, 사실 앨리스는 별로 좋아하지 않았지만, 지금은 그런 알약이 필요했다.

"……린은 도대체 뭐 하는 걸까. 어제 은신처에서 이스카와 만났다는 보고는 받았는데, 그 후로 반나절이나 아무런 연락도 없으니……."

어제 연락을 받은 것이 마지막이었다.

루 가문 별장의 시종들 다섯 명도 같이 있을 텐데, 주인인 앨리스로서는 "린에게 혹시 무슨 일이 있나?" 하고 불안해질 수밖에 없었다.

──삑.

바로 그때, 소파에 놔둔 통신기에서 착신음이 들려왔다.

"린?! 걱정했잖아. 그쪽은 어때?"

『죄송합니다. 루 가문의 시종들은 전원 무사합니다. 우선 그들의 건강 상태를 확인하고, 진술을 듣고 나서 앨리스 님께 보고를 드려야겠다고 생각했습니다.』

"사정은 이해하는데, 지금 상황이 좀 그렇잖아. 한마디 연락이라도 해주지 그랬어……."

적이 무자비하게도 어머니의 목숨까지 노렸으니까.

린도 반드시 무사하리란 보장은 없었다.

"…………."

『저, 앨리스 님?』

"……다행이야. 이 상황에서 너까지 잘못됐으면, 난 어떡해야하나 했는데."

불안감으로 가득 찼던 가슴의 응어리가 사라지면서 마음이 편해졌다.

어쩐지 졸음까지 싹 달아난 것 같았다.

"그래, **그 사람들**은?"

제국 부대의 이름은 언급하지 않았다.

이 통신도 누가 언제 도청할지 모르니까.

『시내의 호텔로 이동시켰습니다. 은신처에 머물면 문제가 있을 것 같아서요.』

"그래. 그곳은 너무 오래 머물면 곤란하지."

조아도 히드라도 모르는 비밀 거점이다.

내부의 상황은 모든 층이 감시 카메라에 의해 기록되고 있으며, 그 영상은 루 가문의 직계 가족이 직접 확인하게 되어 있었다.

……이스카가 이상한 짓을 하리라고는 생각하지 않지만.

……그보다는 오히려 어마마마께 보고하기가 어렵단 말이지.

은신처를 사용했다는 것 자체만으로도 보고할 의무가 생긴다.

더 나아가 거기서 무엇을 했는지도 앨리스가 직접 확인해야 한다.

"아 참, 린. 이거 사용법 말인데."

앨리스가 눈길을 준 것은 휴대형 영상 단말기였다.

은신처의 감시 카메라 영상이 이 단말기에 송신되어 저장되는 시스템이었다.

"늘 어마마마가 확인하셨기 때문에 내가 직접 확인하는 것은 처음이거든."

『아, 네. 사용법은 간단해요. 거기 빨간색 전원 버튼을 누르면 켜지고, 파란색 네모 버튼을 누르면 녹화된 영상을 처음부터 볼 수 있습니다.』

"앗, 시작됐다."

촬영된 것은 은신처의 정면 현관이었다.

소녀 시종들을 뒤따라 검은 머리 소년이 은신처로 들어오는 영상. 물론 앨리스가 잘 아는 사람이었다.

"아, 이스카가 들어왔어! 후후, 감시 카메라를 눈치채고 경계하고 있네."

『앨리스 님, 왠지 즐거워하시는 듯이 들리는데요…….』

"그, 그럴 리 없잖아?! 나, 나는, 진지하게 영상을 확인하고 있다고!"

녹화된 영상을 빨리 감기.

"린, 감시 카메라를 변경하려면 어떤 버튼을 눌러야 해?"

『거기 세모 버튼입니다. 다른 방의 영상도 기록되어 있습…….』

린의 말이 뚝 끊겼다.

그 직후.

『아, 저기, 안 됩니다, 앨리스 님! 그 버튼은 누르면 안 돼요!』

"뭐? 아니, 갑자기 왜?"

『그, 그건…… 다른 카메라에는 찍히면 안 될 것이 찍혔기 때문이에요! 절대로, 절대로, **앨리스 님이 보면 안 되는 것이**──.』

"응? 무슨 소리야. 그렇게 안 좋은 것을 확인하기 위해 찍은 거잖아."

『그, 그게 아니라…… 저, 실은…… 그 영상은!』

"정확히 말해줄 수 없는 거야? 그럼 내 눈으로 확인할래."

영상을 변경했다.

은신처 안쪽에 있는 작은 방. 그곳에서 촬영된 것은——.

"……방금 샤워하고 와서……."

샤워한 직후의 이스카였다.

옷을 입기 직전.

실오라기 하나 걸치지 않은 소년의 촉촉한 육체가 앨리스의 눈앞에 나타난 것이다.

앨리스의 몸과는 골격부터가 달랐다.

늠름해서, 저도 모르게 자세히 보게 되는 이성의 몸매.

낯익은 소년이 처음으로 보여준 그 나신에 앨리스의 시선이 고정되었는데——한편 그것은, 청순한 소녀 앨리스에게는 지나치게 자극적인 것이었다.

"끄응……."

스스로도 이해할 수 없는 소리를 내더니.

소녀 앨리스는 새빨개진 얼굴로 털썩 쓰러졌다.

『앨리스 님?! 앨리스 님, 응답해주세요, 정신 차리세요! ……아아, 맙소사. 그래서 보면 안 된다고 말씀드렸잖아요!』

2

중앙주——.

네뷸리스 왕궁과도 가까운 도심부의 어느 호텔의 한 객실에서.

"린, 아직 여기 있어도 돼? 앨리스가 오니까 마중 나가는 거 아니었어?"

"앨리스 님은 한 시간 동안 정양을 하실 거다."

"뭐?"

"기절하셨다. 그런 쪽 교육은 전혀 받지 않고 귀하게 자란 아가씨니까. 역시 너무 자극적이었던 것 같아."

"……자극적이라니? 뭐가?"

린의 대답에 이스카는 어리둥절하여 고개를 갸웃거렸다.

은신처에서 도심부의 호텔로 이동.

거기서 앨리스를 만나 시스벨 탈환 작전회의로 넘어갈 예정이었는데, 정작 중요한 앨리스가 한 시간 지각하게 된 것 같았다.

"앨리스가 기절했다고? 꽤 심각한 상황인 것 같은데."

"네 탓이다. 이스카. 네가 더러운 것을 보여줬기 때문이야."

"대체 그게 뭔데?!"

"너의 그것과 저것…… 아니, 됐다. 떠올리기만 해도 내가 다 부끄러워지는군."

린이 고개를 반대쪽으로 홱 돌렸다.

어쩐지 그 뺨이 붉어진 것 같기도 했지만, 이스카로선 뭐가 뭔지 알 수 없었다.

"그럼 어떻게 해? 다들 옆방에서 대기하고 있는데, 일단 이 방으로 돌아오라고 할까?"

"그냥 대기시켜."

린이 준비한 호텔 객실은 세 개.

제국 부대의 방. 루 가문 시종들의 방. 그리고 회의용 방. 현재 이스카와 린을 제외한 나머지 사람들은 그 세 번째 방에서 대기하고 있었다.

"앨리스 님이 오신다는 사실은 변하지 않았어. 나는 다과를 준비해야겠다."

"그래, 알겠어. 그런데……."

바쁘게 계속 움직이는 린의 옆얼굴을 이스카는 멍하니 관찰했다.

눈 밑의 커다란 다크서클.

안색도 창백했고, 이따금 멈춰 서서 심호흡을 반복하는 린의 거동은──.

"린. 너 혹시."

"3일 전부터 휴식도 수면도 취하지 않았다. 그 정도는 당연하지. 여왕님이 쓰러지셔서 그분의 딸인 앨리스 님이 몹시 바빠지셨으니까. 그분을 보좌하는 것이 내 의무다."

그렇다. 이 시종은 정말로 피곤해 보였다.

이스카는 은신처의 욕실에서 깨끗이 씻었고, 어젯밤에는 이 방에서 잠도 잤다.

그러나 린은 달랐다.

앨리스를 보좌할 뿐만 아니라 제국 부대와의 교섭도 전부 담당하느라 린은 조금도 쉴 틈이 없었다.

……혹시 제일 힘든 사람은 린이 아닐까?

……쉬기는커녕 밥 먹는 모습조차 어제부터 한 번도 보지 못했다.

"내가 이런 말 하기는 좀 그런데, 앨리스가 올 때까지 잠깐이라도 쉬지 그래?"

"뭐?"

린이 험악한 눈빛으로 이쪽을 돌아봤다.

"무례하구나. 내가 지친 것처럼 보이나?"

"안색이 나빠졌잖아."

"설령 그렇다 해도, 지금 앨리스 님이 휴식도 수면도 취하지 않고 싸우고 계신다. 시종인 내가 쉴 수는 없지……. 다소 눈꺼풀이 무거운 것은, 부정할 수 없지만……."

그렇게 말하더니.

비틀, 린의 몸이 크게 앞으로 휘청거렸다. 아슬아슬하게 테이블을 손으로 짚지 않았으면 그대로 바닥에 쓰러졌을 것이다.

"거봐. 서 있는 것조차 힘들잖아."

"크윽…… 이, 이 정도는 별것 아니야! 설탕 넣은 커피를 마시면, 금방 정신도 맑아질 거다!"

"어젯밤에도 커피를 일곱 잔쯤 마시지 않았어?"

"아 진짜, 시끄럽네! 제국 검사! 네놈의 말 따윈 듣지 않아!"

린은 고급 커피 그라인더를 준비했다.

과연 왕가의 시종답게 본격적으로 커피콩을 가는 것부터 시작하나 보다. 믹서의 투입구에 커피콩을 넣을 준비를 한다.

……고 생각했는데.

린이 꺼낸 것은 뜻밖에도 사과와 바나나였다. 이스카가 어리둥절하여 멍하니 지켜보는 가운데 린은 커피 그라인더에 사과와 바나나를 넣었다.

"……자, 됐다."

"되긴 뭐가 돼?! 저, 저기, 린? 왜 그래? 커피 마시려는 거 아니었어?!"

"응? 이상한 소리를 하는구나. 제국 검사."

린은 커피 그라인더에서 툭 튀어나온 과일을 가리켰다.

"이게 커피가 아니면 뭐란 말이냐."

"사과와 바나나거든?!"

아무리 봐도 평소의 린이 아니었다.

너무 졸리고 피곤해서 정신이 나간 게 틀림없었다.

"으응?"

커피 그라인더가 가동됐다. 완성된 것은 커피와는 전혀 거리가 먼 사과 주스였다.

린은 그것을 컵에 담더니 의아하다는 듯이 신음했다.

"……이 커피는 평소와는 색깔이 다르군."

"그야 당연하지, 사과 주스니까."

"헛소리하지 마. 내가 커피와 사과를 구분 못 할 리 없잖아?"

"이미 잘못 갔거든?! 자기 실수를 눈치채지 못할 정도로 잠에 취한 거야!"

"……그럴 리…… 없어엉."

"아예 인격이 바뀌었잖아?!"

"시끄럽다. 제국 검사. 네가 소리를 질러대니까 머리가 아프구나……."

린이 커피잔을 집어 들었다.

달콤한 과일 냄새가 나는 주스를 단숨에 쭉 들이켰다.

"…………."

"어때? 맛을 보니까 알겠지? 이제 정신이 들──."

"끄응."

"기절했어?! 이봐, 린? 아, 이거 봐, 역시 한계잖아! 야, 작전회의는 어쩔 거야? 이제 곧 앨리스도 온다며."

이스카는 기절해서 쓰러져버린 린을 안아 들고 한숨을 쉬었다.

─────

네뷸리스 왕궁, 별의 탑──.

탑의 뒷문인 조그만 문을 통해 앨리스는 시종을 뒤따라 밖으로 나왔다.

안뜰로 이동.

그곳에는 왕궁으로 몰려온 기자들이나 호위병들도 있었지만, 그 누구도 앨리스의 존재를 눈치채지 못했다.

"이쪽입니다. 제 손을 놓지 마세요."

앨리스의 손을 붙잡고 걸어가는 그 사람은 머리를 짧게 자르고 양복을 입은 키 큰 여성이었다.

그녀의 손등에서는 성문이 은은하게 빛나고 있었다.

"미안해, 키사사게. ……갑자기 예정보다 한 시간이나 늦어져서."

"컨디션은 이제 회복되셨나요?"

"으…… 응, 그래. 덕분에……."

한순간 머릿속에 「한 소년의 영상」이 다시 떠오를 뻔했지만, 앨리스는 열심히 고개를 흔들어 그 기억을 떨쳐냈다.

……아, 안 돼, 안 돼!

……지금은 이스카의 그런 모습을 떠올릴 때가 아니야!

그렇게 스스로 훈계하면서 고개를 끄덕거렸다.

"잊어야 해…… 아, 아니, 그래도 잊어버리면 안 돼. 상대도 나의 알몸을 봤잖아. 마, 맞아. 이것도 분명히 정보전이야. 서로에게 비밀은 없다, 그런 거 아니겠어?!"

"저, 앨리스 님?"

"아, 아니아니, 그냥 혼잣말이었어!"

의아하다는 듯이 말을 거는 시종에게 어흠 하고 헛기침으로 대답했다.

"이대로 주차장으로 가면 돼?"

"아뇨. 왕궁 바깥에 있는 일반 차도에 차를 세워놨습니다. 왕궁 부지에 있는 자동차의 이동은 조아나 히드라에게 들킬 테니까요."

"잘했어. 훌륭한 판단이야."

과연 여왕의 친위대답다.

네뷸리스 왕가를 모시는『왕궁 수호성』이라는 전속 호위병. 현재 경계가 삼엄한 왕궁 내부에서 은밀하게 이동하기 위해, 앨리스가 딱 반나절만 동행을 부탁한 것이었다.

——『투과』의 성령.

제국군의 최신 광학 기술을 능가하는 스텔스 능력. 이 호위병과 닿아 있는 동안에는 앨리스는 소리 없이 투명인간 상태로 돌아다닐 수 있다.

이윽고 왕궁 밖에서 일반 자동차에 올라탔다.

"린이 먼저 움직이고 있어. 별장의 시종들 다섯 명을 데리고 중앙구 7번가의 카밀리쉬 호텔로 피신했어."

"한 시간 내에 도착할 겁니다. 미행에 대비해 좀 돌아서 가야 하지만요."

"응, 당신에게 맡길게."

앨리스를 태운 차가 기세 좋게 움직이기 시작했다.

스쳐 지나가는 차량이 적은 것은 국민들이 지금도 외출을 자제하고 있기 때문이리라.

"시스벨 님의 탈환 말인데요——."

여왕의 호위병이 운전석에서 그런 말을 꺼냈다.

"외람되오나 앨리스 님께 여쭙고 싶습니다. 얼마 전에 여왕 폐하를 노렸던 쿠데타와 제국군의 침입은 둘 다 히드라의 음모였고, 모든 것을 뒤엎어버릴 역전의 열쇠는 바로 시스벨 님을 탈환하는 것이라고 하셨죠. 그건 이해했습니다만……."

"누가 탈환을 하느냐. 그게 문제란 거지?"

"네. 시스벨 님이 어디 계시는지 모르는데 히드라의 거점으로 숨어드는 것은 상당히 위험한 일입니다."

누구를 보낼 것인가?

믿을 만한 실력자이면서 루 가문과 인연이 없는 사람이어야 한다. 자칫 침입에 실패해 포로가 됐을 때 인연이 있다는 게 들통나면 루 가문이 위험해진다.

"키사사게. 당신이라면 어떻게 할래?"

"제가 나선다면 가장 성공률이 높을 테지요. 그러나 여왕님의 호위병인 제가 그러다가 잡히기라도 하면 틀림없이 루 가문의 명예가 실추될 겁니다. 차선책으로 『노맨(마귀와 마주치는 시간)』에 의뢰할 수도 있죠."

"……의외네."

"비싼 대가를 치러야 할 겁니다. 네뷸리스 3대 왕가 중 하나에 싸움을 거는 거니까요. 얼마나 비상식적인 보수를 요구할지 모릅니다."

"아니. 그게 아니야. 내가 하고 싶은 말은——."

국제 불법 조직 『노맨(마귀와 마주치는 시간)』.

본디 「마귀와 마주치는 시간」이란 것은 일몰 후, 낮과 밤의 역전을 뜻하는 시간대이다.

——마물이나 재앙과 마주치는 시간.

그런 불길함을 자칭하는 자들이 세계 각지에서 암약하고 있다는 것은, 앨리스도 반신반의이긴 해도 일단 들어서 알고는 있었다.

"거기는 국제 수배범들의 소굴이라고 하던데."

"독과 연장은 쓰기 나름이잖습니까. 대가만 치르면 자선활동도 하고, 연구팀이 들어가지 못하는 비경에서 신종 생물도 발견해주는 놈들입니다. 말하자면 불법적인 대행업자…… 물론 공공연하게 우리가 일을 부탁할 수 있는 상대는 아니지만요."

성공하면 시스벨을 되찾을 수 있고, 실패해도 의뢰인의 이름은 절대로 알아낼 수 없다.

마음에 들지는 않아도 가장 적합한 상대였다.

"하지만, 키사사게. 이번에는 나와 린에게 맡겨줘."

"……노맨 외에도 적합한 자가 있다는 건가요?"

"실력도 신뢰도도 훨씬 더 나아. 나의 이스카가——앗……."

"이스카?"

"……별건 아니고. 이번에 내가 의뢰할 호위병의 이름인데, 특별한 의미는 없어."

실수했다.

이야기하다가 들떠서 무심코 그의 이름을 입 밖에 내는 것은, 최근에 생긴 안 좋은 버릇이었다. 그것도 날이 갈수록 점점 악화하고 있는 듯한 느낌이 들었다.

……위험해. 그동안에도 린과 대화할 때는 방심해서 그 이름을 꺼내곤 했는데.

……기어코 린이 아닌 사람한테도 말해버리다니.

몰래 한숨을 쉬었다.

물론 이스카가 제국 군인이란 사실은 별장의 시종 다섯 명도 알고 있었다.

그들이 여왕님께 보고하는 것은 어쩔 수 없다. 각오해둬야지. 하기야 그때 가장 난처해지는 사람은, 제907부대를 호위병으로 고용한 시스벨일 테지만.

"앨리스 님이 그 정도로 신뢰하는 사람들인가요."

"응. 중립국의 용병이라고 했어. 실은 시스벨이 독립국가에서 고용한 사람들인데, 그중 한 명은 특히 실력이 굉장해."

"그게 앨리스 님이 말씀하신 이스카란 인물인가요?"

"……응. 뭐, 그렇지."

귀가 밝다고 해야 하나, 감이 좋다고 해야 하나.

우수한 측근이 믿음직하게 느껴지기도 했지만, 지금만은 그 측근에게 이것저것 들키지 않으려고 내심 필사적으로 애쓰는 중이었다.

사실 이스카의 경력은 앨리스가 아는 것만 해도 엄청났다.

——네우르카 수해에서 자신과 싸웠다가 무승부.

——눈을 뜬 시조를 다시 봉인.

——조아 가문의 비장의 카드인 키싱을 격파.

——마인 샐린저를 구속(다시 빠져나갔지만).

——시스벨을 노리던 마녀 비소와즈를 격퇴.

특히 결정적인 것은 3일 전.

자신이 진심으로 적의를 불태우면서 무자비한 마녀로서 그를 공격했는데도, 끝내 그의 숨통을 끊어놓지 못했다는 사실.

앨리스는 더 이상 의심하지 않았다.

그의 실력은 진짜였다. 그리고 동생을 되찾겠다는 약속을 저버릴 남자도 아니었다.

"아무튼 이번 일은 내가 어떻게든 해결하고 싶어."

"앨리스 님이 그렇게 말씀하신다면 따라야지요. 다만, 시스벨 님을 탈환하는 것은 루 가문뿐만 아니라 국가 전체를 좌우하는 급무입니다. 아주 사소한 것이라도 좋으니 저희와 상담해주세요…… 아, 이야기하다 보니 벌써 호텔에 거의 다 왔군요."

중앙구 7번가.

이 호텔의 고층에서는 네뷸리스 왕궁의 첨탑도 볼 수 있을 것이다. 시스벨 구출 작전을 짜기에 딱 좋은 장소였다.

"호텔 객실까지 동행하겠습니다."

"고마워. 하지만, 키사사게. 당신은 어마마마 곁에 있어줘. 수술이 끝난 지도 얼마 안 됐잖아. 무리하게 움직이시려고 하면 당신이 좀 말려줘."

앨리스는 살짝 고개를 끄덕이고 호텔 현관으로 걸어갔다.

변장용 컬러 렌즈 안경을 쓰고.

호텔 로비를 가로질러 엘리베이터를 탔다. 호텔의 카드키는 린이 미리 준비해줘서 앨리스의 가방 속에 들어 있었다.

41층.

린이 가르쳐준 번호의 객실로 향했다.

"……그러고 보니 그 전투가 바로 얼마 전이었는데, 벌써 이스카를 다시 만나네……."

솔직히 말해서 마음이 복잡하기도 했다.

목숨을 걸고 결투했던 상대와 이렇게 빨리 재회하다니. 실은 좀 더 적당한 자리에서 만나고 싶었지만, 지금은 개인적인 감정을 생각할 때가 아니었다.

"휴. ……좋아, 오래 기다렸지? 이스카, 린! 당장 작전을——어, 어라?"

스위트룸 안으로 들어갔는데.

앨리스의 기백이 무색하게도 방 안은 텅 비어 있었다.

거실 한구석에는 제국 부대의 물건으로 추정되는 가방이 있었다. 테이블 위에는 내용물이 남아 있는 찻잔이 방치되어 있었고.

"아, 맞다. 객실을 세 개 정도 빌렸다고 했나."

작전회의용 객실이 여기.

나머지 두 개는 제국 부대와 별장 시종들의 침실이다. 아마 이스카나 린도 그쪽 방에서 쉬고 있을 것이다.

"내가 도착할 시간은 말해놨으니까. 기다리면 오겠지?"

소파에 편하게 앉았다.

어차피 금방 올 것이다. 그렇게 생각하고 자리에 앉았는데, 앨리스의 기대와는 달리 이스카도 린도 좀처럼 이 방으로 돌아오지 않았다.

"아이참. 둘 다 뭐 하는 거야? 나를 기다리게 만들다니……. 어휴, 이렇게 가만히 있으면 졸음이 오는데…………."

약 40시간 이상이나 휴식도 수면도 취하지 않았다.

지금까지는 결사적인 긴장감 때문에 간신히 의식을 유지하고 있었지만. 이곳은 호텔이다. 병사들의 얼굴을 볼 일도 없고, 대신들과 회의할 필요도 없다.

아무것도 안 해도 된다.

그저 여기서 기다리기만 할 뿐.

그렇게 마음의 긴장이 약간 풀리자, 지금까지 꾹꾹 눌러왔던 피로감이…….

"윽. 아, 안 돼, 앨리스. 이런 데서 이러면 안 돼!"

소파에서 벗어나려고 했다. 그러나 엉덩이가 딱 달라붙은 것처럼 소파에서 일어날 수가 없었다.

아주 조금만.

린이 올 때까지 딱 몇 분만, 살짝 눈을 감고 쉬어도 되지 않을까?──마음속에서 또 하나의 자신이 그렇게 속삭였다.

"아, 안 돼, 앉아서 졸다니! …………하, 하지만 린이 올 때까지…… 잠깐만…… 가볍게 눕는 건…… 괜찮을지도…………."

그래.

이건 그냥 소파에 가볍게 눕는 거야.

약간 눈이 부셔서 눈을 감는 거야.

"…………휴."

몇 초 후.

옆으로 누운 앨리스는 쌔근쌔근 귀여운 숨소리를 내면서 잠들었다.

그리고 몇 분 후.

조용한 스위트룸 바깥에서.

"대장님. 이제 곧 집합할 시간인데요."

"알았어~. 이스카 군은 먼저 방에 가서 준비해줘. 나도 네네와 진 군을 불러올게."

"네, 빨리 오세요."

미스미스 대장에게 그렇게 대답한 뒤 이스카는 작전회의용 스위트룸의 문을 열었다.

왼손에는 자료를 잔뜩 들고 있었다.

시스벨 탈환을 위해 린이 서둘러 준비한 것이었다.

"그런데 앨리스가 많이 늦네. 애초에 한 시간 늦게 도착한다고 한 것도 그렇고. 설마 히드라가 방해한 건가……?"

문을 열고 거실로 갔다.

분명히 아무도 없어야 할 텐데. 거실 소파에 금발 머리 소녀가 쓰러져 있는 것이 보였다. 이스카는 자기 눈을 의심했다.

"앨리스?!"

힘없이 옆으로 쓰러져 있는 마녀 공주.

이스카에게는 두 번째 사투를 벌인 상대였는데, 그보다도 더 충격적인 것은 빙화의 마녀 앨리스리제가 쓰러져 있는 이 상황이었다.

믿을 수 없었다.

엄청나게 강한 앨리스에게 대체 무슨 일이 일어난 걸까.

──참고로.

사실 앨리스는 곤히 잠들어 있을 뿐인데, 겨우 3일 전에 사투를 벌인 이스카의 머릿속에는 그런 깜찍한 이유는 떠오르지도 않았다.

"앨리스, 정신 차려, 도대체 무슨…… 아니, 누가 이런 짓을 한 거야?!"

설마 자객인가?

이 방에 누군가가 숨어들었나?

주의 깊게 주변을 살펴봤지만, 거실에서는 아무런 기척도 느껴지지 않았다. 앨리스와 누군가가 싸운 흔적도 눈에 띄지 않았다.

"……생명에 지장은 없는 것 같은데."

제국인이 마녀를 돌봐줄 이유는 없다.

그러나 이 상황에서 쓰러진 앨리스를 전혀 돌보지 않고 계속 내려다보기만 하는 것은, 아무래도 좀 양심에 찔렸다.

"호흡은 정상인 것 같고. 눈에 띄는 상처도 없고…… 아니, 속단은 금물인가."

어딘가 다친 곳이 있을지도 모른다.

앨리스의 등을 확인해보기 전에는 안심할 수 없다. 뒤에서 누군가에게 등을 베이는 바람에 쓰러졌을 가능성도 있다.

"……조금만 움직여볼까."

의식을 잃은 소녀를 안아 들었다.

놀랄 만큼 가벼웠다. 게다가 손끝에서 느껴지는 소녀의 피부는 놀랍도록 부드러우면서 촉촉하고 매끄러웠다.

──왠지 모르게.

왠지 모르게, 그녀를 안고 있기만 해도 얼굴이 화끈해졌다.

"아니, 내가 왜 이렇게 긴장하는 거야? 여자를 끌어안는 구호 활동 같은 것은 훈련을 통해서도 몇 번이나 해봤잖아."

"……으응."

의식이 없는 앨리스에게서 섹시한 한숨이 흘러나왔다.

"앨리스?"

"……으음. 린, 벌써 나를 깨우러 온 거야? 5분만 더……."

한없이 천진난만한 목소리로.

눈을 감은 채 그렇게 말하는 앨리스는 정말 사랑스럽게 웃고 있었다.

"앗. 앨리스, 정신 차렸어?!"

"…………."

"앨리스."

설마 잠꼬대일 거라고는 상상도 못 했다.

앨리스를 안은 채 당황한 이스카. 그런데 그때 앨리스가 포옹하듯이 이스카의 목에 스르르 양팔을 둘렀다.

"5분만 더어…… 린, 너도 같이 자자, 응?"

"어엇?!"

"어휴~ 반항하지 마. 후후, 그만 버티고 항복해."

마녀 공주가 안겨 왔다.

이스카의 목을 양팔로 감싸더니 그의 가슴팍에 뺨을 문지르듯이 찰싹 달라붙었다.

뭐라 형용할 수 없는 달콤한 향기가 났다. 비단실 같은 소녀의 금빛 머리카락이 피부에 닿아 몹시 간지러웠다.

이건, 위험하다.

뭐가 위험한지는 이스카 본인도 말로 표현할 수 없었지만, 뭔가가 위험하다고 그의 본능이 호소하고 있었다.

"……와. 린의 피부. 참 뜨겁구나. 델 것 같아."

"무슨 소리 하는 거야?! 아무튼, 앨리스, 정신 차렸으면 빨리 떨어져!"

딸칵.

그때 이스카의 등 뒤에서 문이 열렸다.

"어휴, 자료만 모았는데도 벌써 시간이 다 됐네. 앨리스 님도 오실 테니까 어서 방을 치우고, 다과 준비도 해야겠다."

린이었다.

자료를 잔뜩 들고 온 그녀는, 앨리스를 끌어안은 이스카를 보자마자 눈이 휘둥그레졌다.

"······앨리스 님?"

후드득. 린의 팔 안에서 자료들이 미끄러져 떨어졌다.

의식이 없는 주인을 끌어안고 있는 제국인——그 광경을 목격한 린의 눈빛이 순식간에 험악하게 변했다.

"이스카, 네 이놈, 설마······."

"아, 아니, 오해야! 잠깐만, 린. 나는 앨리스를 전혀 건드리지 않았어! 애초에 앨리스가 여기 쓰러져 있어서!"

"그렇군."

린이 휴 하고 한숨을 쉬었다.

"끝까지 말할 필요 없다. 제국 검사. 네가 하고 싶은 말이 뭔지 이해했다."

"그, 그래? 다행이다······."

"요컨대 그런 거지? 앨리스 님의 목숨은 내 손안에 있다. 돌려받고 싶으면 몸값을 준비해라."

"뭘 이해했다는 거야?!"

"응? 그게 아니야?"

린은 얼빠진 얼굴로 고개를 갸우뚱했다.

그러나 그 직후, 표정이 더욱 험해졌다.

"그렇다면…… 앨리스 님을 기습적으로 덮치고, 그저 정욕에 사로잡혀 그 풍만한 육체를 가지고 놀려는 것이냐! 이 비열한 놈!"

"오해가 더 심해졌잖아?!"

"앨리스 님을 돌려줘!"

"아 글쎄, 그게 아니라니까?! ……어휴, 일단 사람들을 좀 불러줘. 지금부터 작전회의를 해야 할 거 아냐?!"

3

거실 중앙.

소파에 앉아 진지한 표정으로 고개를 끄덕이는 앨리스가 있었다. 잠에 취했을 때의 사랑스러움과는 전혀 다른, 이스카가 잘 아는 고귀한 눈빛을 지닌 앨리스가.

"그럼 시스벨 구출을 정식으로 의뢰해도 된다고……."

"처음부터 그렇게 말했잖아. 그 녀석의 호위 의뢰를 받아서 황청까지 들어온 이상, 그건 당연하지."

그렇게 대답한 사람은 진이었다.

그는 테이블 옆 의자에 앉아 상체를 앞으로 구부리고 있었다.

"우리도 무상으로 자원봉사를 하는 것은 아니야. 시스벨을 호위하기로 한 것도 사정이 있어서 그랬는데, 그 보수를 받기 전에는 물러날 수도 없거든."

"당신들의 대장 때문이죠?"

"전에 별장에서 이야기했잖아. 여기까지 왔으니, 우리도 빈손으로 돌아갈 수는 없어."

"……저, 저기, 진 군. 나는…….."

"보스는 가만히 있어."

무슨 말을 하려고 하는 미스미스 대장. 그러나 진이 그 입을 미리 막아버렸다.

——시스벨의 호위.

다소의 어려움은 각오했지만, 설마 황청의 싸움에 이 정도로 깊게 말려들 줄은 이스카도 전혀 몰랐다.

"미스미스 대장님. 어깨에 있는 그 성문은 후천적으로 생긴 것 같은데요. 맞습니까?"

"저를 호위해주신다면, 그 대가로 성문을 숨기는 지식을 제공해드리겠습니다."

미스미스의 성격을 생각한다면——.

죄책감을 느끼지 않을 리 없었다. 자신이 마녀가 되는 바람에 부하들을 이런 대사건에 휘말리게 만들었다고.

……그래서 진은 "가만히 있어"라고 한 것이다.

……이것은 부하인 자기들이 하기로 결정한 거니까, 대장님은 신경 쓰지 말라고.

양심의 가책은 느낄 필요 없다.

그것은 진이 자기 나름대로 대장님에게 보여주는 경의일 것이다. 이스카도, 옆에서 고개를 끄덕이고 있는 네네도 같은 심정이었다.

"이런 상황에서, 예상외의 기습을 당하긴 했어도 시스벨을 빼앗긴 것은 우리의 실수다. 그런 의미에서도 이대로 호위를 끝내고 싶진 않은데……."

난감하다.

그런 식으로 진이 어깨를 움츠렸다.

"제국인인 우리들로선 그 녀석이 어디 있는지 알 수가 없어. 그래서 그쪽의 추측을 듣고 싶다."

"네. 그 건에 관해서는 어마…… 여왕 폐하와도 이야기를 해봤습니다."

"여왕?"

앨리스가 그 단어를 말하자, 내내 초연하던 진이 갑자기 몸을 앞으로 쑥 내밀었다.

네네와 미스미스 대장은 눈을 크게 떴다.

이스카조차도 놀라서 흡 하고 숨을 들이켰다. 그 정도 거물이었다.

……현 네뷸리스 여왕.

……앨리스에게는 어머니이지만, 마침내 여왕까지 참전한 것인가.

제국군한테는 가장 큰 최악의 원수.

그러나 곰곰이 생각해보니——.

시스벨 루 네뷸리스 9세는 이 나라의 공주다. 사랑하는 딸을 위해 여왕이 움직이는 것은 지극히 당연한 일이었다.

"구체적인 이야기를 할게요. 린, 그리고 유밀리샤, 아셰, 노엘, 시스테어, 나미. 너희들도 잘 들어. 나중에 의견을 구할 테니까."

앨리스는 루 가문의 시종들을 한번 둘러보더니 빠르게 이어서 말했다.

"시스벨이 끌려간 곳은 아마도 왕궁 외부. 유일하게 의심스러운 곳은 태양의 탑인데, 현명한 탈리스만 경이라면 아마도 즉시 장소를 바꿀 겁니다."

"……공공장소이기 때문인가?"

"네. 그 탑에는 다른 나라 손님들이나 기자들도 방문합니다. 그러다가 시스벨이 누군가에게 목격되기라도 하면 치명타일 테니까요."

"그럼 이 근처에 있는 호텔이나 창고인가? 지금 우리가 숨어 있듯이."

"_____."

앨리스는 말없이 고개를 옆으로 흔들었다.

"그것도 가능성은 작습니다. 이 중앙주에 있는 건물은 여왕의 특명에 의한 강제수사가 가능합니다. 이미 호텔, 창고, 모든 일반 가옥에 대한 수사가 시작됐어요."

"정보는 정확하게 전달해."

"네?"

"그 수사는 시스벨을 찾기 위한 수사가 아니잖아. 3일 전, 왕궁을 습격한 제국 병사가 중앙주에 아직 숨어 있나 살펴보는 거지. 안 그래?"

"…………."

"마침 잘됐어. 제국군인 우리의 입장도 여기서 재확인해보자."

린과 앨리스.

원래 적이어야 하는 성령술사 두 명을 번갈아 바라보면서 말했다.

"맨 처음에 언급했듯이 우리는 시스벨의 호위병으로서 황청에 들어왔고, 그동안 신분을 보장해준다는 약속도 받았다. 그 신분 보장 약속은 계속 지켜줄 거지?"

"──그건 내가 대답하마."

린이 낮은 목소리로 말했다.

"너희 제국 병사들이 위험한 처지라는 것은 잘 아는 모양이군. 현명해. 네가 말했듯이, 지금 우리가 대대적으로 행하고 있는 수색은 숨은 제국군을 찾아내기 위한 것이다."

"그야 그렇겠지."

"제국군과의 전투에 의해 다수의 부상자가 발생했다. 특히 여왕궁을 습격한 시점에서, 제국 병사는 누구든지 죽어 마땅하다. 물론 너희들도 마찬가지고."

그렇다.

3일 전, 앨리스가 울면서도 이스카와 결투한 이유가 그것이었다.

설령 히드라의 음모라 해도, 제국 측의 자객에 의해 여왕이 다치고 왕족들이 행방불명된 것은 사실이었다.

이 전쟁은 더 이상 「견제」 수준에 머물지 못하게 되었다.

"제국 병사는 단 한 명도 용서할 수 없어. 아무리 시스벨 님이 선택한 호위병이어도."

"표면적으로는 그렇다는 거지?"

"대의라는 거다. 하지만…… 뭐, 그래. 우리도 무조건 대의만 부르짖을 수는 없거든."

린이 문득 한숨을 쉬었다.

여전히 석연찮은 표정을 지으면서도 주저 없이 말을 이었다.

"특례 중의 특례다. 원칙적으로는 발견하자마자 구속해서 처형해야 할 제국 병사지만, 너희 네 명만은 시스벨 님의 수색을 조건 삼아서 앞으로도 신분 보장을 해주마."

"국경을 빠져나갈 때까지. 그렇지?"

"물론이다. ——그러면 될까요? 앨리스 님."

"그래. 약속은 지킬 거야."

앨리스가 고개를 끄덕이더니 예리한 눈빛으로 미스미스 대장을 바라봤다.

"괜찮겠죠? 대장님."

"……응. 우리도 그럴 생각이니까. 그렇지? 이스카 군."

"물론이죠."

대장님이 아니라──.

이쪽을 돌아보는 앨리스를 향해 이스카는 딱 잘라 말했다.

"우리도 그 탈리스만이란 남자에게 당했으니까. 복수할 기회가 있다면 기꺼이 할 거야."

───────

네뷸리스 왕궁, 다목적 홀──.

그곳에 죽 늘어앉아 있는 것은 황청의 최고 권력자들이었다.

현 여왕 네뷸리스 8세를 비롯한 루 가문의 측근들과 비서들. 또 마찬가지로 조아 가문과 히드라 가문에서도 대표자들이 나와서 원탁을 둘러싸고 있었다.

그 뒤에는 현 여왕을 보좌하는 각 대신들, 정치 고문인 역대 대신들도 있었다.

어림잡아 30명 정도.

홀 구석에서 대기하고 있는 친위대까지 포함한다면 약 50명이나 될 것이다.

"여왕이여. 다소 잔인하게 들릴지도 모르나, 당신에게는 실망했다고 말할 수밖에 없어."

날카롭고도 풍부한 남자 목소리가 홀의 벽에 반사되어 메아리쳤다.

이곳에 있는 사람들의 시선이 일제히 집중됐다.

그 목소리의 주인공은 조아 가문 당주 **대리**인 온——검은색 옷을 입고 금속 가면으로 맨얼굴을 가린 훤칠한 남자였다.

"제국군의 왕궁 침입을 허용했다. 이는 건국 이래 최대의 굴욕이야. 동포들이 얼마나 큰 피해를 보았는지는 굳이 말할 필요도 없을 테지."

"…………."

여왕은 입을 꾹 다물고 침묵했다.

최근에 봉합 수술을 받은 팔에는 지금도 붕대를 감고 있는 안타까운 모습이었지만, 그렇다고 가면 경이 추궁을 그만둘 리도 없었다.

"심지어 조아 가문의 경우에는 당주 그로울리가 행방불명되고 나서 72시간이 경과했다. 제국 측의 발표는 없지만, 십중팔구 그쪽으로 연행됐을 거야."

"…………."

"훌륭한 성령을 지닌 사람은 황청의 보물이다. 그런 존재를 빼앗기고, 제국에서 인체 실험이 이루어진다는 것이 얼마나 비참한 일인지……."

여왕은 침묵했다.

반론의 여지가 없었다. 히드라의 음모를 증명하지 못하는 한, 여왕의 신뢰는 계속 땅에 떨어진 상태일 것이다.

"온 님, 잠시만요!"

그 분위기를 견디지 못한 걸까. 루 가문을 모시는 여비서가 소리 높여 말했다.

"괴로우신 것은 여왕 폐하도 마찬가지입니다. 따님이신 일리티아 님과 시스벨 님이 둘 다 행방불명 상태입니다. 지금은 누가 책임을 지느냐 하는 무의미한 공론을 할 것이 아니라, 실종자들을 구출할 방법을 생각해야――."

"그건 간단해."

가면 경이 상대의 말을 가로막았다.

"제국 본토에 대한 총공격. 100년 전과 마찬가지로 제도를 잿더미로 만드는 것. 그것이 인질을 구출하는 가장 좋은 방법이다."

"……뭐라고요?!"

"정말 고상한 협상을 통해 그로울리 경을 되찾을 수 있다고 생각하나? 그건 아니지. 왜냐하면 제국에게 순혈종의 진가는 『인질』이 아니라 『연구 재료』이기 때문이다."

포로가 된 순혈종은 죽음보다도 더 끔찍한 일을 당할 것이다.

게다가 도가 지나친 인체 실험은 겉으로는 드러나지 않는다. 국제 정세가 반제국(反帝國) 쪽으로 기울지 않도록, 제국이 정보통제를 완벽하게 하고 있다는 것은 주지의 사실이다.

"자기들이 붙잡은 포로에게 비인도적인 행위는 하지 않는다. 제국은 그렇게 시치미를 뚝 뗄 거야. 그런데 자네는 뭘 어떻게 협상하려는 건가?"

"그…… 그건……."

"고로 제국에 대한 총공격을 제안한다."

가면 경이 극적으로 두 팔을 벌리면서 말했다.

여왕을 향해.

그리고 뒤에 앉아 있는 수십 명의 대신과 군사 담당자들을 향해 의견을 묻는 것처럼.

"그 외에 동지들을 되찾을 방법이 있나? 있다면 손을 들어보시게."

"──가면 경."

여왕이 한마디 했다.

"이 상황에서 더 많은 희생을 초래하는 제안을 하다니, 그것은 여왕으로서 받아들일 수 없습니다."

"아니, 강력한 지도자가 있으면 어떻게든 될 거야."

술렁.

수십 명이나 되는 인간들의 경악이 홀을 가득 채웠다. 강력한 지도자가 있으면──이란 것은, 은근히 **현 여왕으로는 불충분하다**고 주장하는 조아의 도전이나 마찬가지였다.

"흠. 일리가 있군."

술렁거리는 홀 안에서 유일하게 미소 짓고 있던 남자가 입을 열었다.

히드라 가문의 당주 탈리스만이었다.

"콘클라베에 의한 여왕 선별을 서둘러 진행하자는 건가. 나로선 반대하진 않을 걸세. 국가가 혼란에 빠졌을 때 새로운 지도자가 탄생한다는 것은 역사적으로 흔한 일이니까."

다음 여왕을 선발한다면?

루는 현 여왕이 신뢰를 잃어버린 현재로선 최악의 상황이다.

조아는 유력했지만, 당주 그로울리가 제국군에 납치된 것이 역풍으로 작용할 것이다.

히드라는 이 상황에서 완벽한 순풍을 타게 될 것이다.

"어때. 그런 뜻이지?"

"아니야."

"……흠?"

"탈리스만 경. 당신은 오해하고 있군. 나는 강한 지도자가 필요하다고는 했지만, 콘클라베를 원한다고 하지는 않았어."

차가운 가면 아래에서——.

조아 가문을 통솔하는 검은 옷의 남자가 입술을 끌어올리며 빙긋 웃었다.

"시조님을 깨우자는 거다."

"뭣이?"

"뭐라고요?!"

탈리스만과 여왕 네뷸리스 8세는 경악을 금치 못했다.

대신들 몇 명이 저도 모르게 벌떡 일어나고, 벽 쪽에 서 있는 호위병들까지도 놀라서 서로 얼굴을 마주 볼 정도로 충격적인 발언이었다.

──시조 네뷸리스.

지금은 황청 지하 깊숙한 곳에 격리되어 끝없이 잠들어 있는 존재.

"그 방법이 있었구나. 그래, 분명히 시조님이라면……!"

그렇게 중얼거린 사람은 초로의 대신이었다.

주위에서도 경악의 신음성은 흘러나와도 반대 의견은 나오지 않았다.

"어떤가? 제군. 현직 대신 브루탈 경은 어떻게 생각하시는지?"

"저, 저는…… 검토해볼 만한 방법 중 하나라고 생각합니다."

"그럼 전직 대신 비에스트로 경은."

"제 의견도 같습니다. 온 경이 말씀하신 강력한 지도자와 전력, 둘 다 양립시킬 수 있지 않을까요."

100년 전, 시조 네뷸리스는 제도를 잿더미로 만들었다.

가장 오래되고 가장 위대한 성령술사가 눈을 뜬다면──.

"잠깐만요."

묘하게 들뜬 이 홀 전체에 여왕의 일갈이 울려 퍼졌다.

"그것은 조급한 결정입니다. 시조님을 깨울 수단이 확립되지도 않았고, 그분의 각성도 위험을 수반합니다. 여러분도 기억하시지 않습니까? 중립도시 에인의 피해를."

이곳에서는 오직 여왕만 알고 있었다.

시조는 먼 혈족인 앨리스조차 봐주지 않았다.

조아가 주장하는 '제국을 멸망시키고 인질을 구출한다'는 것과는 모순된 것이었다. 제국을 멸망시키기 위해서라면 동지도 거침없이 해치우는 것이 시조였다.

──차원이 달랐다.

성령의 능력.

그리고 다른 무엇보다도, 제국에 대한 분노가 현대의 자기들과도 비교조차 안 된다고 앨리스가 말했었다.

"시조님이 제국인 이외의 누군가를 공격한다면, 전 세계가 우리 황청을 비난할 겁니다."

"그거야말로 여왕의 실력을 보여줘야 하는 분야가 아닌가. 그리고 시간이 다 됐다."

가면 경이 일어났다.

"다음 회의에서는 시조님의 각성 방법에 관해 여러분의 지혜로운 의견을 듣고 싶군. 그럼 이만 실례하겠어."

가볍게 인사하고 나서.

가면 경은 조아 가문의 측근을 거느리고 다목적 홀을 떠났다.

네뷸리스 왕궁, 공중회랑『태양의 길』.

　여왕궁과 태양의 탑을 연결하는 유리 통로. 두 남녀가 나란히 그곳을 걸어가고 있었다. 둘 다 모델 뺨치게 키가 컸는데──.

　"이거 참, 난처하게 됐어."

　히드라 가문의 당주 탈리스만이 멈춰 섰다.

　그리고 유리 지붕 너머의 하늘을 우러러보듯이 고개를 들었다.

　"역시 가면 경은 만만찮아. 이 상황에서 최고의 패를 내놓을 줄이야."

　"시조님 말씀이신가요?"

　"그래. 미지, 네 감상도 듣고 싶구나."

　"……어머나. 숙부님께서 의견을 물으시다니. 신기한 일이네요."

　쿡쿡 미소 지으면서.

　어른스러운 소녀가 멈춰 서더니 사랑스러운 눈빛으로 이쪽을 돌아봤다.

　──미젤히비 히드라 네뷸리스 9세.

　뚜렷한 이목구비, 그리고 눈에 띄게 파란 감청색 머리카락을 지닌 소녀였다.

　태어날 때에는 탈리스만과 같은 금발이었지만, 그 몸에 깃든 강력한 성령이 발현됨과 동시에 머리색이 푸르게 변했다.

"숙부님께 의견을 말씀드리려니 긴장되는군요."

"사양할 것 없다. 차기 당주로서 말해보렴."

"그럼…… 솔직히 말해서 시조님의 각성은 방해가 됩니다."

탈리스만의 조카딸인 이 소녀——.

히드라 가문의 차기 당주로 내정된 왕녀이자, 콘클라베에서 히드라 가문이 옹립하려고 하는 여왕 계승권자였다.

"지금 콘클라베를 하면 우리 히드라가 승리할 겁니다. 루 가문은 여왕이 저렇게 됐고, 조아 가문은 당주가 행방불명되어 콘클라베에 신경 쓸 상황이 아니고. 둘 다 선거 준비를 제대로 못 할 테니까요."

콘클라베를 원하는 히드라 가문.

콘클라베는 원하지만, 당주가 없는 지금 당장은 원하지 않는 조아 가문.

콘클라베를 회피하고 현 정권을 유지하고 싶어 하는 루 가문.

——완벽했다.

이 상황에서 여왕을 교체한다면, 새 여왕은 틀림없이 히드라 가문에서 탄생할 것이다.

그러나.

"시조님이 깨어난다면 모든 것을 뒤엎어버릴 수도 있어요."

"흠. 그게 무슨 뜻이지?"

"시조의 지위는 너무나 위대합니다. 만약에 제가 콘클라베에서 이기고 여왕이 되어도, 시조님이 완전히 부활한다면 국민은 제

말을 듣지 않을 거예요. 틀림없이 시조님을 추종할 겁니다. 그렇잖아요?"

여왕보다 더 위에 있는 시조.

그렇다면 어렵게 차지한 여왕의 자리도 무의미해지는 것이다.

"더구나 눈을 뜬 시조님은 무슨 짓을 할지 모릅니다. 왜냐하면 시조님의 성령은 아직도 해석이 되지 않았으니까요."

"그렇지. 여러 개의 성령을 사용했다는 흔적도 있어."

성령은 한 사람이 하나만 가진다.

하지만 그런 상식도 시조에게는 통하지 않을 가능성이 있다.

"우리가 상정할 수 있는 최악의 가능성은?"

"한마디로 말해, 시조님이 시스벨과 비슷한 능력을 가지고 있는 경우겠지요. 독심술, 최면, 과거를 보는 능력 같은 것 말입니다."

히드라 가문의 음모가 폭로된다.

제국군을 선도했다는 사실이 시조에 의해 폭로된다면, 제도를 잿더미로 바꿔버린 시조의 분노는 이쪽으로 쏟아질 것이다. 그것만은 반드시 막아야 한다.

"적절한 분석이야."

짝짝짝. 탈리스만이 장난스럽게 박수를 쳤다.

"역시 미지는 똑똑해. 회의 이후로 몇 분밖에 안 지났는데 이렇게까지 잘 분석하다니. 당장 여왕이 되어도 문제없을 정도의 도량이야."

"과분한 말씀이십니다."

"반대로 생각해본다면 가면 경의 제안도 그만큼 적확한 제안이 었던 거지. 최고의 방법이라고 해도 될 정도야. 그로울리 경이 부재중이기는 하나, 조아의 움직임은 경계할 필요가 있어."

시조의 각성——.

여왕보다 우월한 위광과 실력을 겸비한 자. 이 나라를 오히려 지금보다 더 강대하게 만들어줄 수 있는 유일무이한 존재.

"설마 일리티아 군이 망명한 것은, 조아 가문이 이렇게까지 하리란 것도 예측하고 도망친 건가? 그렇다면……."

"저, 숙부님?"

"응? 아니, 그냥 혼잣말이었다."

이쪽을 쳐다보는 조카딸을 향해 탈리스만은 쓴웃음을 지으며 고개를 옆으로 흔들었다.

"어쨌든 시조는 과거의 상징이야. 이 신시대에는 어울리지 않아."

저벅.

아름다운 소녀를 데리고 탈리스만은 다시 유리 복도를 따라 걷기 시작했다.

"시조를 깨우게 놔둘 수는 없어. 미지, 앞으로 바빠질 거다. 여왕 후보로서도, 한 명의 성령술사로서도."

"재미있을 것 같네요."

"그래, 이제 남은 것은 비소와즈인가."

유리벽 너머를 바라보면서.

당주 탈리스만은 독백하듯이 중얼거렸다.

"마녀가 되어서 그런지, 그 아이도 좀 정서가 불안하단 말이지. 루 가문의 왕녀에게 난폭한 짓은 안 하면 좋겠는데."

4

새하얀 작은 방.

바닥도 천장도 온통 하얀 페인트로 칠해진 문 없는 공간. 시스벨이 마른침을 꿀꺽 삼키며 지켜보는 가운데, 벽의 안쪽에서 문이 불룩 튀어나오더니──.

"안녕~? 시스벨."

"……헉?!"

"아~ 그렇게 무서워하지 마. 일단 지금은 정중히 대하라는 명령을 받았거든."

비소와즈.

몸집이 작은 그 마녀는 칙칙한 붉은 머리카락을 손으로 만지작거리면서 나직하게 웃었다.

오른쪽 귀에는 피어싱, 왼쪽 귀에는 커다란 링 귀걸이. 공격적인 눈매는 난폭한 깡패를 연상시켰는데, 사실 이 소녀의 정체는 인간이 아니었다.

"……당신……."

"응? 아~ 그야 뭐, 여기는 태양의 탑인걸. 내가 **그 모습**으로 탑에서 어슬렁거릴 리 없잖아?"

태양의 탑?

그렇다면 자신은 아직 네뷸리스 왕궁 부지 내에 있다는 뜻이다.

"아하하! 방금 뭔가 깨달은 표정을 지었는데? 네가 아는 장소여서 좀 안심했니?"

"…………"

"뭐, 그건 그렇고. 있잖아. 시스벨."

비소와즈가 서서히 다가왔다.

시스벨은 그 강압적인 압력에 못 이겨 입술을 깨물고 뒷걸음질쳤다. 그 괴물의 모습을 보고도 두려워하지 않는 사람은 없을 것이다.

등이 벽에 닿았다. 눈 깜짝할 사이에 벽의 한구석까지 몰린 것이다.

"가, 가까이 오지 마!"

"에이, 너무 매정하게 굴지 마."

비소와즈가 내민 손이 시스벨의 **뺨**을 스치더니 벽을 탁 짚었다.

보라색 립스틱을 칠한 입술이 가까이 다가왔다.

"물어보고 싶은 것이 있어."

"내가 말할 것 같나요?"

"아니, 뭐 대단한 것은 아니고. 그냥 사소한 나의 호기심인데. 시스벨, 어떻게 **그 남자**를 부하로 삼은 거야?"

"……그 남자?"

"제국의 전직 사도성 이스카."

자세히 들여다보듯이 비소와즈가 얼굴을 좀 더 가까이 들이댔다.

서로의 숨결이 느껴지는 거리였다.

"나도 인간이기를 그만뒀다는 자각은 있는데, 그 녀석도 또 다른 의미에서 인간이기를 그만둔 것 같은 검사거든. 너희 언니와 네우르카 수해에서 싸우다 비겼다는 그 소문도 거짓말은 아닌가 봐."

"네?"

놀라서 입이 다물어지지 않았다.

그게 뭐야.

나는, 그런 두 사람의 과거는 본 적이 없다.

……앨리스 언니가 이스카와 전장에서 싸웠다고?

……언니는 그런 말은 한마디도 안 했는데.

물론 수상하다고 생각하긴 했다.

자신이 이스카를 호위병으로 삼으려고 할 때 언니가 이상하리만치 집요하게 견제했기 때문이다.

"황청의 공주인 언니가 이 제국 검사와 어떻게 아는 사이가 된 거죠? 『이스카』라고 이름을 부르던데──."

"시스벨, 네가 그렇게 부르는 것을 들었을 뿐이야."

시스벨의 능력으로도 이스카와 언니와의 결정적인 과거는 찾아내지 못했다.

……하지만. 네, 그런 거였군요.

……두 사람이 네우르카 수해에서 처음 만났기 때문에?

등불의 성령의 유효 범위는 반경 3,000m.

이 네뷸리스 황청과는 너무 멀리 떨어진 곳이라서, 성령으로도 그 과거까지는 거슬러 올라가지 못한 것이었다.

"앨리스 언니가 이스카와 싸웠다고요? ……그게 무슨 뜻이죠?"

전장에서 서로 싸운 적이라고?

그렇다면 틀림없이 사투를 벌인 원수일 터. 그런 두 사람이 독립국가에서도, 루 가문의 별장에서도, 그토록 허물없이 지낼 수는 없지 않은가.

"어머나? 뭐야, 설마 아무것도 모르는 거니?"

"그, 그야 당연하죠!"

오히려 그 이야기를 좀 더 자세히 들어보고 싶다——.

그렇게 소리치고 싶은 것을 꾹 참았다. 안 돼. 내가 약점을 보이면, 상대는 당연히 그 약점을 노릴 거야.

"……그보다도 내 시종인 슈바르츠는 무사한 거죠?"

"물론이지."

비소와즈가 고개를 끄덕였다. 허탈할 정도로 너무 쉽게.

"우리가 시키는 대로 하면 안전은 보장해줄게. 시스벨의 성령은 편리하니까."

"……무엇을 시키려는 겁니까?"

"그건 다음에 눈떴을 때 직접 확인해봐."

"!"

마녀의 손바닥이 시야를 뒤덮듯이 불쑥 날아왔고——.

"잘 자. 왕녀님."

시스벨은 의식을 잃었다.

Chapter.3
『태양으로 가는 길』

the War ends the world /
raises the world

1

카밀리쉬 호텔 41층.

아직 호텔 조식 서비스도 제공되지 않는 새벽 다섯 시. 이스카는 복도에서 걸어오는 소녀를 보았다.

"린? 꽤 일찍 일어났네."

"실은 한 시간 전에 일어났다. 기상 시간은 습관화되어 있으니까……. 흥, 그러는 너야말로. 경계를 게을리하고 꾸벅꾸벅 졸고 있으면 두들겨 깨워주려고 했는데."

객실 앞에 서서 보초 역할을 하는 이스카에게.

린이 정말 싫다는 듯이 말했다.

"교대하자."

"……?"

"내가 대신 보초를 서겠다는 거다. 정오에는 다시 작전회의를 할 거다. 그때까지 쉬어."

"아냐, 괜찮아. 어차피 두 시간 후에는 진과 교대할 거야."

"시스벨 님의 구출은 너에게 달려 있다."

린이 조그맣게 말했다.

절대로 남에게 들리지 않도록 복도의 저 안쪽까지 살펴보면서.

"앨리스 님을 모셔놓고 했던 어제 그 회의를 통해 실감했다. 솔직히 말해서 내키진 않지만, 이번만은 조건 없이 너를 지원해 주마."

"마음은 고맙다만, 우리도 교대로 쉬고 있어서."

"그럼 단련을 해라."

린의 그 한마디는 본인도 일류 무도인이기 때문에 하는 말이었다.

"보초를 선다는 이유로 '그저 멍하니 복도에 서 있기만 하는' 두 시간을 내가 맡아줄 테니, 너는 심신을 충실히 하기 위해 노력하라는 거다."

"…………."

"검 손질이나 장비 점검을 해도 좋다. 어쨌든 여기 가만히 서 있는 것보다는 유의미하게 시간을 쓰는 방법이 있겠지."

"……알았어."

정면에서 똑바로 마주 보다가 결국 이스카가 먼저 항복했다.

"하지만 나 혼자서는 결정할 수 없어. 미스미스 대장님께 보고하고 올게."

린을 놔두고 돌아서려고 했다.

그때 갑자기 어제 앨리스와 했던 대화가 이스카의 머릿속에 떠올랐다.

"아……."

"뭐냐? 내가 지키고 있을 테니까 빨리 방으로 들어가라."

"어제 그거. 하나 물어보고 싶은 것이 있는데."

앨리스와 함께했던 작전회의——.

시스벨이 갇혀 있는 곳으로 추정되는 장소와 수색에 관한 이야기를 주로 했는데, 그보다도 다른 것이 이스카의 마음에 걸렸다.

떠날 때 앨리스가 자신에게만 가르쳐준 비밀이 있었다.

"내가 이런 이야기를 하려니 마음이 좀 복잡한데, 3일 전에 네뷸리스 왕궁을 제국군이 습격했잖아. 그때 여왕과 싸운 게 정말로 **그 요하임**이었어?"

"……무슨 뜻이지?"

린의 목소리가 날카로워졌다.

〃네뷸리스 여왕. 맞나?〃

〃나는 요하임이다. 사도성 제1위.〃

"직접 상대한 여왕님께서 말씀하셨다. 적이 그렇게 이름을 밝혔다고."

"생김새는? 린, 너도 봤을 거 아냐."

"당연하지. 폭이 좁은 대검을 사용하는 키 큰 남자였어. 머리는 주홍색. 갑주와 코트가 일체화된 옷을 입고 있었다. 제국군의 전투복과는 달랐으니까 특별 주문품일 테지."

"······그럼 틀림없는 거구나."

사도성 요하임.

총과 포격이 핵심 전력이 된 이 시대에, 이스카 외에는 유일한 검사인 사도성이다.

시합해본 적은 없지만.

"이봐, 이스카. 입 다물지 말고 대답해라. 여왕님이 뭔가 잘못 들었다고 주장하려는 것이냐? 아니면 그놈이 요하임이 아니라 다른 인간이라고?"

"아니야."

공격적인 린의 질문에 이스카는 천천히 고개를 옆으로 흔들었다.

여왕을 습격한 것은 사도성 제1위 요하임──천제 직속인 그 남자가 제도를 떠났다는 것이 경악스러웠지만, 네뷸리스 여왕을 검으로 제압한다는 것은 요하임이 아니면 아마 불가능할 것이다.

"그 요하임은 틀림없이 본인일 거야. 나로선 자세한 것은 말할 수 없지만."

"그럼 뭐가 의문인데?"

"일리티아가 칼에 베였다는 이야기."

"뭐?"

린의 어깨가 부르르 떨렸다.

"······하고 싶은 말이 뭐냐? 일리티아 님은 여왕 폐하를 감싸다가 그 남자에게 베였다. 나도 앨리스 님도 그것을 눈으로 똑똑히 봤어."

"그래서 요하임이 데려갔다고?"

"그렇다. 그분은 생사 불명의 중상을 입은 채 자동차에——."

"그래, 그게 이상해."

눈에 띄게 아름다운 앨리스의 언니.

그런데 이스카는 분명히 들었다. 비소와즈에게 납치되기 직전에 시스벨은 "일리티아 언니가 진범이에요"라고 단언했다.

"그 『생사 불명』이란 것이 마음에 걸려."

"허? 뭐가 문제인데? 그렇게 큰 상처를——."

"**치명상이 아닌 게 이상하다는 거야.** 사도성이 진심을 담아 휘두른 칼에 베였는데도 생사 불명이라니, 말이 안 돼. 맨몸으로 베이면 나도 죽어."

"!"

"요하임이 데려갔다는 것은, 일리티아를 벤 요하임 본인이 '그녀가 살아 있다'고 판단했기 때문일 거야. 하지만 사도성이 진심으로 칼을 휘둘러 베었다면 그건 틀림없이 치명상이야. 거기서 결정적인 모순이 발생하는 거지."

"……치명상이어야 하는데 그렇지 않았다. 설마, 네가 하고 싶은 말은……."

린이 미간을 찌푸렸다.

수십 초쯤 되는 기나긴 침묵 끝에.

"일리티아 님이 칼에 베인 것이, 연극이었다는 뜻이냐?"

"그녀는 진범 후보였어. 히드라 가문과 내통한 것은 거의 확실하고, 미리 우리를 기다리고 있다가 시스벨을 협박해서 별장으로 데려간 것도 일리티아였어."

"……여왕 폐하를 감싸고 칼에 베임으로써 비극의 여주인공을 연출하려 했다고?"

"실제로 앨리스는 그걸 보고 감화됐잖아?"

일리티아가 진범이라는 의혹보다도――.

여왕을 감싸고 쓰러진 언니라는 비극에 의해, 눈앞의 사실을 믿을 수밖에 없게 되었다.

……그것조차도 다 계산한 것이었다면?

……일리티아가 칼에 베여 쓰러지는 것까지도 음모였다면?

앨리스도 여왕도 속은 것이다.

제1왕녀의 악마 같은 계략은, 피를 나눈 육친조차도 간파하지 못한 것이었다.

"아니…… 아무리 그래도, 그건 아니야. 일리티아 님이 일부러 칼에 베이다니…… 이스카. 너는 그 출혈을 보지 못했으니까 그런 말을 하는 거다."

입술을 깨물면서 낮게 중얼거리는 린.

"나는 바닥이 피로 물든 것을 봤다. 그것은 가짜가 아니었어. 정말로――."

"마녀 비소와즈."

"뭐?"

"히드라 가문의 자객 중에, 칼에 베여도 멀쩡한 괴물이 있었어. 린, 너도 봤잖아."

"칼끝에서 느껴지는「무반응」에 경악하여 공격을 멈춘 것은 이스카였다."

"마치 물을 베는 것처럼──."

비슷했다.

사도성 이스카의 칼에 베여도 다치지 않는 마녀 비소와즈.

사도성 요하임의 칼에 베여도 살아 있었던 일리티아.

"……말도 안 돼."

린은 멍하니 서서 중얼거렸다.

입술이 점점 핏기를 잃고 보랏빛으로 변했다.

"……일리티아 님이…… 그 괴물과, 마찬가지라고……?"

"일리티아의 정체가 그것과 같은 것이라면, 칼에 베여도 죽지 않아. 그러면 이야기의 앞뒤가 맞잖아? 사도성 요하임의 필살의 칼을 맞았는데도 살아 있는 것도."

죽지 않는다고 확신했던 것이다.

히드라 가문과 결탁한 일리티아라면, 마녀화(魔女化)의 비밀을 알고 있어도 이상하지 않을 것이다.

"다시 한번 말하지만, 생사 불명이라면 사도성이 일부러 짊어지고 데려갈 리 없어. 살아 있음을 확신한 게 아닐까?"

"……그, 그건……."

"일리티아는 칼에 베임으로써 왕궁에서 도망쳤다. 그렇게 생각하면 이해가 돼. 제국군한테 끌려간 게 아니야. 스스로 제국으로 망명한 거지."

"_____."

앨리스의 시종은 반론하지 않았다.

그 모습을 본 이스카는 계속해서 이야기했다.

"단, 미리 말해두는데. 일리티아의 신병은 우리와는 상관없어."

가능성은 작지만——.

제907부대가 제국으로 돌아가 일리티아와 마주칠 가능성도 있다.

"나는 일리티아가 무슨 생각을 하는지 전혀 몰라. 그녀가 제국 측의 스파이였는지 아닌지 조사해볼 마음은 없고, 그걸 알아내도 가르쳐줄 수는 없어. 우리와 너희 황청은 오직 시스벨 구출에 관해서만 협력관계를 맺은 거니까."

"……그건 잘 알고 있다."

무거운 음성으로 말하면서 마침내 린이 고개를 끄덕였다.

"시스벨 님의 구출만 도와주면 돼. 일리티아 님의 일은 우리 루 가문의 문제다."

2

정오──.

작전회의용 스위트룸에서.

"어, 다시 한번 확인할게요. 우리는 제국군답게 행동하면 되는 거죠?"

테이블 앞에 앉아 있는 미스미스가 맞은편에 서 있는 린에게 그렇게 말했다.

"네뷸리스 왕궁을 습격한 제국군의 잔당이 중앙주에 아직 숨어 있었다. 그 부대원 네 명이 우연히 히드라 가문의 시설을 주목해서 그쪽에 침입했다……."

"그렇다. 그곳에 시스벨 님이 **우연히 있었다**──우리는 그렇게 할 거다."

린이 눈짓했다.

"이 두 사람이 너희들과 동행할 거야."

루 가문의 시종 두 명이 살짝 고개를 끄덕였다.

지난 며칠 동안 이스카 일행과 침식을 함께한 두 사람인데, 지금은 둘 다 몹시 긴장한 것 같았다.

"나미 오캐스트입니다. 다시 한번 잘 부탁드릴게요."

"시스테어 퀴 캐츠입니다. 저에게는 너무 과분한 대역입니다만, 시스벨 님의 구출을 위해 몸 바쳐 여러분을 돕겠습니다."

열다섯 살밖에 안 된 검은 머리 소녀 나미와 열여섯 살인 갈색 머리 소녀 시스테어.

둘 다 전투원은 아니지만, 루 가문을 모시는 자로서 유사시에 대비한 성령을 가지고 있다고 한다.

——히드라의 진지에 침입하는 『안개』의 나미.

——시스벨의 위치를 탐지하는 『반향』의 시스테어.

이 두 사람과 제907부대까지 합쳐서 총 여섯 명이 실행 부대다.

"성령의 개요는 이미 설명했지만, 자세한 내용은 본인이 말하는 것이 좋겠지. ——나미."

"저의 능력은 『안개』입니다. 직접 보시면 이해하기 쉬울 거예요."

검은 머리 소녀가 손을 들었다.

그러자 소녀의 모습이 아지랑이처럼 흔들리더니 순식간에 주위의 배경에 동화되어 갔다.

"사라졌네?!"

"……와, 굉장해. 제국의 광학 위장보다도 동화 속도가 더 빠를지도 몰라."

미스미스 대장이 큰 소리를 냈는데, 그보다 더 강하게 반응한 것은 네네였다.

제국군의 최신 기술조차 능가하는 완벽한 의태. 네네는 경악하기도 했지만, 그보다는 기계 기술자로서 흥미진진한 눈빛으로 나미가 있었던 장소를 바라봤는데——.

"이쪽이에요."

"꺄악?! 어, 언제 이동한 거야……?"

상대가 등 뒤에서 어깨를 건드리자, 네네는 이번에야말로 놀라서 펄쩍 뛰었다.

사라졌나 했더니 등 뒤에 있었다. 발소리를 죽이고 등 뒤로 이동한 건데, 아무것도 모르는 사람이 본다면 순간이동이라고 착각할 만한 광경이었다.

"이스카. 보였어?"

"……아니, 전혀. 간신히 발소리만 들었어."

"시종으로 일하기 아까운 능력이네."

진이 복잡한 마음인 것처럼 중얼거렸다.

지금 당장 암살자로 전향해도 될 텐데——.

이렇게 작은 소녀도, 마음만 먹으면 혼자서 제국의 요인을 제거할 수 있는 것이다. 성령술사의 위험성을 새삼스레 살짝 엿본 기분이었다.

"제국인다운 오해구나."

린이 중얼거렸다.

"성령은 제국인이 생각하는 것처럼 만능은 아니다. 나미, 보여줘라."

"——네."

검은 머리 소녀가 제자리에서 점프했다.

그 순간, 완벽했던 의태가 순식간에 무너졌다. 성령술 강제 해제——그 모습을 본 이스카의 뇌리에 어떤 예감이 떠올랐다.

"설마, 속도인가?"

"네. 안개의 성령은 정지 또는 그에 가까운 상태일 때에만 의태가 가능합니다. 달리거나 점프하는 순간 의태가 무너집니다."

성령을 발동시킨 채 전투하는 것은 불가능.

이러면 전장에 나설 수 없다.

……그래, 숨을 때만 쓸 수 있는 능력이구나.

……확실히 첩보 부대에서는 쓰기 어려운 능력일지도 몰라.

앨리스나 여왕의 목숨을 지키기 위한 방어 전용 기술.

시종으로 채용된 것도 이해가 갔다.

"의태를 할 수 있는 대상은 여러 명입니다만, 대상이 많아지면 의태 가능한 시간이 줄어듭니다. 시스벨 님을 수색하는 것도 몇 시간 정도가 한계라고 생각해주세요."

나미가 손을 내밀었다.

손등에 나타난 성문을 이쪽에 보여주면서 말했다.

"이 성문으로 건드린 순간부터 의태가 시작됩니다. 단, 저와 너무 멀리 떨어져도 성령술이 해제되므로 주의하시길 바랍니다."

"그래, 대충 이해했어."

진이 나머지 한 명의 시종을 향해 눈짓했다.

"시스테어라고 했나? 당신은 어때?"

"제가 가진 『반향』이란 것은 소리를 모아서 해석하는 성령입니다. 멀리서 발생한 대화 소리나 숨소리를 들을 수 있다고 생각하시면 됩니다."

갈색 머리 소녀가 '쉿' 하고 입술에 손가락을 댔다.

"반경 약 50m. 호텔에서는 일곱 층 전후입니다. 이를테면 지금 35층에서 여행객이 나누고 있는 대화 소리가 들립니다."

"문을 닫아놔도?"

"완전 밀폐라면 다소 영향이 있지요. 그리고 소리의 종류도 중요합니다. 금속음은 탐지하기 어렵고, 인간의 발소리나 목소리는 탐지 영역이 더 넓어집니다. 이것은 성령이 인간에게 깃들어 있기 때문입니다. 인간과 관련된 소리에는 민감하지만, 그 외에는——."

"시스테어."

"……실례했습니다. 제가 불필요한 성령학 강좌를 했군요."

린이 째려보자, 소녀 시종은 일부러 헛기침을 했다.

"그럼 수순을 정리해볼게요. 나미의 『안개』를 활용해 히드라의 거점으로 침입합니다. 시스벨 님에게 가까이 다가가면 저의 성령으로 위치를 정확히 알아낼 수 있을 거예요. 하지만 억지로 그 거점에서 그분을 구해낼 필요는 없습니다."

시스벨이 있는 장소만 알아내면 된다.

그다음에는 여왕이 강제수사를 시작해서 히드라의 거점으로 쳐들어가면 되니까.

"결행은 내일모레. 탈리스만이 회의에 출석해 있는 시간대를 노린다. 이쪽의 행동을 들키더라도, 당주가 없으면 그놈들도 섣불리 움직이지 못할 거야. ……자, 질문은?"

"내가 하겠다."

린이 물어보자 진이 즉시 입을 열었다.

검은 머리 소녀 나미를 응시하면서.

"네 안개의 성령에 관해서다. 의태 상태에서는 감시 카메라에도 걸리지 않는 건가?"

"네. 렌즈를 통해서도 의태는 꿰뚫어 볼 수 없습니다."

"적외선 같은 열 감지는?"

"체온은 감지됩니다. 자동문을 통과할 때에는 주의해주세요."

"그렇다면 냄새나 발소리도 들킨다는 뜻이군?"

"네. 그러나 다소의 목소리나 발소리에는 시스테어의『반향』으로 대처가 가능합니다. 소리를 모으는 능력이니까요. 소리를 모아서 주위로 확산되지 못하게 할 수 있습니다."

"마지막으로 하나 더."

진이 갈색 머리 소녀 시스테어에게 질문했다.

"너의『반향』은 총소리도 없앨 수 있나?"

"유감이지만……."

"알았어. 철저히 침입 잠복으로 하자."

전투는 최대한 피한다.

네네와 미스미스 대장의 테이저건은 소음 기능이 있지만 그래도 총소리가 안 나는 것은 아니다. 진의 저격총도 사용하지 못할 것이다.

"무슨 일이 있으면 이스카가 나서야겠군."

"응, 그럴 생각이야."

진의 결론은 이스카도 당연히 상정한 것이었다.

……소리 없이 해치워야 한다면, 내 검이 제일 낫다.

……『안개』의 성령으로 아슬아슬한 곳까지 접근하면 기습도 어렵진 않을 것이다.

물론 무력은 최종수단.

적의 거점에서 싸움을 벌이면, 지리적으로도 인원수로도 압도적으로 우리가 불리해질 것이다.

"저기, 린. 당연히 순혈종도 있을 테지?"

"가능성은 있다. 당주 탈리스만이 없을 때 그 역할을 대신하는 사람. 예를 들면, 미젤히비 왕녀."

"왕녀……."

어렴풋이 상상하긴 했는데.

루 가문에 앨리스나 시스벨이 있는 것처럼, 히드라 가문에도 여왕 후보인 왕녀가 있다는 것은 일단 처음 듣는 정보였다.

"린, 그 정보, 좀 더 자세히 말해줘."

"물론이지. 히드라의 전력도 내가 아는 것은 다 가르쳐줄 건데……."

린은 말을 하다 말고 입을 꾹 다물더니.

이스카가 제 눈을 의심할 정도로 진지한 눈빛으로, 눈 깜빡이는 것조차 아쉽다는 듯이 뚫어져라 이쪽을 쳐다봤다.

"이 작전은 너에게 달렸다."

"_____."

"복잡한 감정도 있지만, 나는 너의 실력을 믿는다. 시스벨 님을 잘 부탁해."

"저, 린 님? 주제넘은 질문이지만요."

묘한 분위기인 린을 보고.

검은 머리 시종 나미가 의아하다는 듯이 고개를 갸웃거렸다.

"이 사람을 잘 아시나요?"

"~~~~?! 아, 아니, 어…… 실언이었다……."

순식간에 린의 얼굴이 새빨개졌다.

그 직후, 린이 이스카의 정강이를 확 걸어찼다.

"야, 제국 검사. 너 때문에 나까지 이상한 오해를 사게 됐잖아!"

"그게 누구 탓인데?!"

"시끄럽다, 시끄러워!"

"아얏?!"

여전히 집요하게 발로 차는 린. 이스카는 허둥지둥 펄쩍 뛰어 후퇴했다.

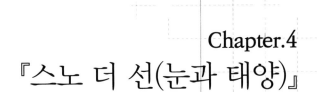

Chapter.4
『스노 더 선(눈과 태양)』

the War ends the world /
raises the world

1

아침 열 시——.

빠르게 뛰는 가슴에 손을 대고 앨리스는 네뷸리스 왕궁 복도를 걷고 있었다.

옆에서 걷는 사람은 린.

린은 어젯밤 늦게까지 제국 부대와 마지막으로 작전을 확인하고, 새벽이 되기 전에야 겨우 성으로 돌아왔다.

"한 시간 후에 시작되는구나."

"해야 할 일은 했습니다. 앨리스 님은 회의에 전념해주세요."

"……알았어."

루 가문의 운명을 결정하는 작전이다.

여동생 시스벨이 있는 곳을 이스카가 알아낸다면, 히드라의 음모를 폭로함으로써 여왕의 정권은 국민의 신뢰를 되찾을 수 있을 것이다.

실패한다면 루 가문은 패배.

어머니는 틀림없이 실각될 테고, 이후 콘클라베에서도 앨리스가 이기기는 어려울 것이다.

"_____."

입을 꾹 다물고 다목적 홀로 갔다.

회의를 계속하기 위해서. 앨리스와 린이 도착했을 때는 이미 여왕과 대신들, 조아 가문과 히드라 가문의 핵심 인물들이 테이블 앞에 앉아 있었다.

"늦어서 죄송합니다."

"정시에 왔어. 오히려 우리가 너무 빨리 온 거야."

남자의 밝은 목소리가 홀에 울려 퍼졌다.

모두 굳은 표정을 짓고 있는 가운데, 히드라 가문의 당주 탈리스만의 미소는 얄미울 정도로 눈에 띄었다.

"안녕하신가? 앨리스 군. 저번 회의에는 결석했는데. 오늘은 괜찮은 건가?"

"네. 지난번 의사록은 읽었습니다."

"그래, 다행이군."

앨리스가 착석하기를 기다렸다가――.

"자네가 긴장한 표정을 짓고 있어서, 무슨 일이 있나 하고 걱정했어."

"?!"

비명이 목구멍에서 새어 나올 뻔했다.

……내 표정을 보고 알아차린 건가?

……아니야. 그는 이미 어렴풋이나마 우리의 작전을 눈치챘어.

시스벨 탈환 작전도 예상했을 테지.

그러나 완벽하지는 않아. 아마도 '동생을 되찾으려고 할 것이다'라고 짐작만 할 뿐, 구체적인 계획까지는 알아내지 못했을 거야.

방금 그 한마디도 일종의 화술이야. 이쪽의 동요를 통해 정보를 얻으려는 거지.

"신경 써주셔서 감사합니다. 이런 상황은 저도 처음이라, 어떻게 대응하면 좋을지 필사적으로 생각하느라⋯⋯."

"그렇군. 너무 무리하지는 마."

탈리스만의 웃는 얼굴은 무너지지 않았다.

그 안쪽에 앉아 있는 가면 경은 조아 가문의 측근과 소곤소곤 이야기를 나누고 있었다.

⋯⋯이쪽도 마찬가지다.

⋯⋯가면 경도 탈리스만 경도, 나 같은 사람보다 훨씬 언변이 뛰어나다.

심리전에서는 이길 수 없다.

대놓고 설전을 벌여도 못 이긴다. 앨리스가 무슨 말을 해봤자 상대는 교묘한 말로 구워삶을 것이다. 일리티아 언니와 이야기할 때에도 그랬으니까.

──고로 침묵이 최선책이다.

표정으로 나의 동요가 상대에게 전해져도 상관없다. 어쨌든 말은 하지 마라. 사소한 말 한마디에 의해 이번 작전이 누설되는 것만은 절대로 용납할 수 없다.

"…………."

아랫입술을 꼭 깨물고.

허벅지 위에 손을 올려놓은 채, 앨리스는 말없이 주먹을 꽉 쥐었다.

2

북풍과 태양의 일화.

북풍이 아무리 거세게 불어도 여행자의 옷은 빼앗을 수 없지만, 태양이 천천히 그를 비춰주면 여행자는 더워서 옷을 벗어 던진다.

──다시 말해.

남을 자기 뜻에 따르게 하려면 협박하지 말고, 끈기 있게 온화한 태도로 대해라. 이것은 현대 조직학에도 통하는 논리이며, 대대로 히드라 가문이 사랑해온 이념이다.

이곳은 그런 이념에 의해 명명된 거점이었다.

히드라 학술원, 첨단 성령 공학 연구소──.

통칭 『스노 더 선(눈과 태양)』.

히드라가 가진 시설 중 하나.

별의 코어(핵)에서 분출되는 성령 에너지를, 전기나 가스를 대신할 제4차 에너지 혁명으로 이용하기 위한 연구소.

"……라는 것은 표면적인 이야기이고, 실제로는 히드라 가문이 고용한 사병들의 집합소입니다."

넓은 잔디밭 안.

진회색으로 빛나는 고층 빌딩을 우러러보면서 검은 머리 시종 나미가 그쪽을 가리켰다.

입구 양옆에는 성령 대항용 방패를 든 경비원이 서 있었다. 전쟁터의 성령 부대보다는, 감옥탑에서 본 진압 부대와 비슷해 보였다.

"보다시피. 정식 친위대가 아닌 사병 부대가 경비병이라는 명목으로 다수 고용됐습니다. 상주하는 것만 해도 100명 규모일 겁니다. ……시스테어, 어때? 뭔가 들려?"

"경계 레벨『중상』정도인 것 같네요. 무선 통신의 내용을 들어 보면."

또 한 명의 시종 시스테어가 자기 귀에 손을 댔다.

이스카 일행에게는 들리지 않는 거리인데, 『반향』의 성령에 의해 소리를 모으는 시스테어에게는 사병들의 대화도 들렸다.

"전용 코드를 사용하고 있는데, 말의 빈도와 반응으로 볼 때 『이상 없음』과『계속해서 경비』인 것 같습니다. 단, 연락 빈도는 높으니까 일단 경계하고 있는 것 같아요."

"뭐, 그렇겠지."

그 정도는 이스카도 예상했다.

"우리는 별장에서 습격당했잖아. 그러니까 반대로 우리가 복수를 위해 반격하러 오는 것을 저들이 경계하는 것도 당연해."

"열한 시, 정각입니다. 예정대로 진행합니까?"

"물론."

멀리 떨어져 있는 네뷸리스 왕궁에서 당주 탈리스만이 회의를 시작하는 시각.

……같은 회의에 참석한 앨리스가 그놈을 감시할 것이다.

……우리는 그 틈에 히드라 가문의 시설에 침입한다.

이미 이스카 일행은 『안개』에 의해 모습이 안 보이는 상태였다.

이 부지에 들어오는 데 30분이 걸렸다. 숨어 있을 수 있는 시간은 이제 세 시간.

"갑시다."

검은 머리 시종 나미를 선두로, 똑바로 연구소 입구를 향해 출발했다.

문 양옆에 서 있는 사병과 눈이 마주쳤다. 그러나 사병 두 명은 아무 일도 없었던 것처럼 주위를 둘러보기만 했다.

눈앞에서 지나가는 이스카 일행을 눈치채지 못한 채.

"저…… 정말로 우리를 눈치채지 못하나 봐……?"

"빨리 와, 대장님, 자동문 닫히겠어!"

"앗?! 네네야, 기다려!"

문이 완전히 닫히기 직전에 미스미스가 허둥지둥 그 사이로 미끄러져 들어왔다.

자동문은 적외선 체온 감지 시스템이다. 『안개』의 성령으로는 체온은 숨길 수 없으므로, 모습을 숨긴 채 접근하면 저절로 열려 버린다.

그렇다면 연구원이 문을 지나갔을 때 우리도 통과하면 된다.

"아…… 위험했다. 어제 호텔에서 열심히 연습해두길 잘했어."

"그 연습이 필요했던 사람은 보스밖에 없어."

"뭐라고, 진 군?!"

"큰 소리 내지 마. 보스. 소리를 없애는 것도 한계가 있어. 우리는 이제 막 적진에 숨어들었을 뿐이야."

진이 1층 로비를 가리켰다.

청결함이 느껴지는 접수처 옆에는, 바깥과 마찬가지로 무전기를 손에 든 사병이 두 명 있었다. 그 안쪽의 통로에도 순찰하는 사병들이 있었고.

──히드라 가문의 시설 『스노 더 선』.

앨리스가 말했다. 시스벨을 숨길 수 있는 장소는 중앙주에 하나 있다고.

여왕의 명령에 의한 모든 건물 조사를 피하려면, 당주 탈리스만의 직할 거점이어야만 한다. 그것이 이 연구소라는 것이다.

"와. 제국의 연구소 같아."

네네가 우러러본 것은 1층 로비에 있는 층별 안내도였다.

성령 공학──.

제국에서는 금기시되는 성령 연구가 이 나라에서는 당당하게

진행되고 있었다.

"어디 보자, 방마다 벽이 두꺼운 것은 만에 하나 성령이 폭주했을 때를 대비한 거겠지? 이 커다란 수송관은 땅속의 볼텍스(성맥 분출천)에서 성령 에너지를 여기까지 운반하기 위한……."

"네네. 그런 탐색은 나중에 해."

"하, 하지만, 이스카 오빠. 여기는 생각보다 훨씬 본격적인 연구소인걸!"

"……그러게."

네네의 주장도 일리는 있었다.

사병들의 집합소——그렇게 전해 들었던 이스카의 머릿속 이미지와는 달리, 통로를 돌아다니는 연구원의 숫자라든가 엄중한 출입 관리를 봐도 이곳은 제국의 군사 연구소 같은 분위기였다.

……오히려 잘됐군.

……이 정도로 본격적인 연구소라면, 시스벨을 감금할 수 있는 장소는 한정되어 있을 것이다.

탈리스만이 직접 고용한 사병들은 그렇다 쳐도, 수백 명이나 되는 연구원 전원에게 이번 음모를 가르쳐주지는 않았을 것이다.

즉, 시스벨을 감금한 장소는 연구원들이 출입하지 않는 곳.

사병들이 주둔하는 관리 센터, 지하의 전기실, 쓰레기 처리 시설. 그리고——.

"예상대로의 예상외군."

안내도를 응시하던 진이, 옆에 있는 시종에게 말을 걸었다.

"최상층의 저 커다란 방은 당주의 방이지? 감금 장소로서는 가장 유력한 후보인데."

"네. 린 님이 조사해주신 내용과 같습니다."

"최상층으로 올라가는 엘리베이터가 없어."

일반인을 위한 엘리베이터는 10층까지 운행되고.

관계자 전용 엘리베이터는 14층까지 올라간다. 가장 중요한 최상층——15층으로 가는 경로는 안내도에 기재되어 있지 않았다.

"……OK. 핵심은 나중으로 미루고, 우선 지하부터 둘러보자."

진이 고개를 돌렸다. 1층 안쪽에 있는 전용 엘리베이터를 향해.

문이 계속 열려 있는 엘리베이터 한 대를 발견해서 여섯 명 전원이 안으로 들어갔다.

——지하로.

엘리베이터가 움직이기 시작하자, 네네가 긴장한 눈빛으로 천장을 우러러봤다.

"저기, 진 오빠. 아까 통로에 감시 카메라가 있었는데, 우리가 보인 건 아니겠지? 엘리베이터 버튼이 눌린 거. 저쪽에서 못 보고 넘어가면 좋을 텐데……."

"들키진 않을 거야. 엘리베이터 같은 것은 자동 운전이잖아. 이 것을 침입자의 행위라고 단정하는 것은 불가능해."

그렇게 대답하면서 진은 머리 위의 전광판에서 눈을 떼지 않았다.

"이봐, 나미. 『안개』의 유효 시간은 앞으로 세 시간 남았지?"

"네. 정확히 말씀드리자면 세 시간 이상은 보장할 수 없다는 것입니다. 실제로는 네 시간쯤 버틸지도 모르지만, 세 시간이 지나고 5분 만에 효과가 사라질 가능성도 있습니다. 그것은 저도 제어할 수 없습니다."

"인터벌은 두 시간이랬지?"

"두 시간 7분입니다. 그만큼 시간이 지나면 다시 발동시킬 수 있습니다."

"알았어."

진이 말을 끊었다. 그와 동시에 대형 엘리베이터가 정지했다.

──지하 1층.

두꺼운 금속 문이 서서히 열렸다. 그 너머의 광경을 본 순간, 네네와 미스미스 대장의 목구멍에서 비명이 튀어나왔다.

"헉?!"

"저, 저 사람은……!"

총을 든 사병들.

우락부락한 사나이들에게 둘러싸인 채, 새빨간 옷을 입은 깡마른 노파가 이쪽으로 걸어오고 있었다.

──백야의 마녀 그뤼겔.

루 가문의 별장을 습격했던 자객이다. 별장 붕괴와 더불어 사라졌는데, 아마 탈리스만의 부하에게 구조됐나 보다.

그 마녀가 엘리베이터 쪽으로 다가오고 있었다.

"…………지, 진 군!"

"조용히 해, 보스. 괜찮아. 이놈들은 우리 때문에 매복한 게 아니야. 엘리베이터에 타려고 기다리고 있었던 거다."

엘리베이터에서 내리려고 하는 이스카 일행 여섯 명.

엘리베이터에 타려고 다가오는 마녀와 사병들.

그들은 옷깃이 스칠 정도로 가까운 거리에서 서로 엇갈렸다. 이스카 일행이 뒤를 돌아보자, 뒤에서 마녀 일행은 위층으로 올라가고 있었다.

"**14층이군**. 저 할멈이 올라가다니, 뭔가 수상한 냄새가 나는데……."

진이 똑바로 앞을 봤다.

경비원 대기소인 걸까. 통로 곳곳에 총을 든 남자들이 있었다.

"아하. 지상은 일반인들이 볼 수 있으니까 성령 대항용 방패를 들고 있었지만, 지하에 숨으면 살기등등하게 총으로 무장해도 된다는 거지. 그래, 확실히 사병들의 집합소네."

"——여러 명의 목소리가 들립니다."

『반향』의 성령술사 시스테어가 사병 앞을 가로질러 갔다.

"이야기하는 소리를 들어보니 회의실은 총 다섯 개. 그중 대회의실은 두 개입니다."

"그런 것까지 알 수 있어?"

"네. 그리고 발밑에——아마 바로 아래층이겠죠. 거기서 작은 숨소리가 들립니다. 사병들과는 전혀 다른 기척입니다."

전원이 마른침을 꿀꺽 삼켰다.

"그, 그건 설마, 시스벨 씨인가요?!"

"······갑시다."

미스미스 대장님의 말에 이스카는 고개를 끄덕이고 서둘러 걸음을 뗐다.

─────────────

스노 더 선, 14층.

엘리베이터에서 내린 백야의 마녀 그뤼겔이 텅 빈 복도를 걸어갔다.

부하들은 그 자리에서 대기하게 해놓고.

"아, 그뤼겔 할머니. 잠깐 거기서 멈춰주실까?"

"음?"

등 뒤에서 누가 부르자, 깡마른 노파의 어깨가 흠칫 떨렸다.

"······비소와즈."

"응~ 나야. 무사히 회복된 것 같아서 다행이네. 머리의 혹은 괜찮아? 진인지 뭔지 하는 제국 병사한테 맞아서 멍이 들었다고 하던데."

어느새 나타난 걸까.

피어싱이 눈에 띄는 빨간 머리 소녀. 그녀는 기대어 있던 벽에서 나른하게 몸을 떼고 일어났다. 그리고 노파의 앞으로 걸어왔다.

허리가 구부러진 노파를 가만히 들여다봤다.

"으음———."

"뭐냐. 미안하지만 꼬마 계집애한테는 관심 없어. 40년 후에 다시 와라."

"아하하!"

마녀가 웃었다.

"뭐야, 진짜네? 가짜인 줄 알고 의심했는데."

"······그게 무슨 의미냐."

"냄새."

자기 콧방울을 손끝으로 톡 건드리는 비소와즈.

유쾌한 눈빛으로 말을 이었다.

"난 『마녀』가 되고 나서 성령의 냄새에 무척 민감해졌거든. 할머니 몸에 뭔가 이상한 성령 에너지가 묻어 있어서. 의심해버렸어."

"여기는 성령 연구소가 아니냐. 그 정도는———."

"**루 가문의 별장에서 맡은 냄새.** 할머니, 오늘 어디 돌아다녔어? 수상한 사람은 없었어?"

"흠?"

노파의 쪼글쪼글한 눈꼬리가 날카로워졌다.

"유감이지만 나는 오늘 종일 이 시설에 있었어. 지금도 지하에서 막 올라왔고."

"흐응~? 그럼 그놈들이 이미 침입한 걸지도 몰라."

"감시 카메라가 있는데도?"

"그런 종류의 성령인 거겠지. 루 가문의 시종으로 뽑혔을 정도니까, 편리한 능력을 가지고 있는 게 당연하잖아. 게다가……."

비소와즈는 팔짱을 꼈다.

무슨 생각에 잠긴 것처럼 허공을 노려본 채 꼼짝도 하지 않았다.

"할머니. 지하에서 왔다고 했지?"

"그래."

"거기에다가 그 녀석을 숨겨두지 않았어? 왜 있잖아, 시스벨의——."

"!"

노파가 눈을 크게 떴다.

바늘같이 가늘었던 눈이 유리구슬처럼 커졌다.

"그놈들이, 되찾으러 온 건가."

"그렇게 흥분하실 필요는 없고. 일단 보고부터 해야지?"

노파를 불러 세우는 비소와즈.

"할머니는 탈리스만 경에게 보고해줘. 또 당주 대리인한테도. 히드라 가문의 후계자답게 그 사람의 능력은 아주 편리하거든."

집게손가락을 곧게 세우더니.

최상층을 가리키면서 비소와즈는 낮은 소리로 웃었다.

"하긴, 주목받고 싶어 하는 성격이니까. 보고하지 않아도 알아서 눈치채고 뛰어올 것 같지만."

3

스노 더 선, 지하 2층.

이스카 일행이 들어간 곳은 자원 집적소——란 이름의 쓰레기장이었다.

거대한 재단기의 구동음이 요란하게 울려 퍼지는 가운데, 그곳에는 여기저기 종이상자가 쌓여 있었고, 파손된 유리 실험기구가 케이스에 들어간 채 방치되어 있었다.

평범한 쓰레기장.

굳이 경비할 필요도 없는 공간일 텐데, 현재 이곳에서는 총을 든 경비원이 상시 순회하고 있었다. 그리고 비정상적으로 많은 감시 카메라가 천장에 달려 있었다.

"시스테어 씨. 아까 그 작은 기척은……."

"이쪽입니다. 조금만 더 가면 돼요."

경비병 사이로 지나가는 갈색 머리 시종. 옆에서 나란히 걷는 미스미스 대장을 돌아보더니, 『반향』의 성령술사 시스테어가 눈짓을 했다.

"저 쓰레기더미 안쪽이에요. 저기 쌓여 있는 종이상자 안쪽."

"……저런 곳에 시스벨 씨가 있다고?"

"시스벨 님이라고 단정할 수는 없습니다. 희미한 기척일 뿐이에요."

시종이 긴장한 얼굴로 전진했다.

높이 쌓여 있는 종이박스의 탑. 그 안쪽을 엿본 순간, 미스미스 대장에 이어서 이스카는 헉 하고 놀랐다.

──수갑을 차고 있는 한 노인.

파이프 의자에 묶여서 꼼짝도 못 하고 있었다.

잠든 것처럼 눈을 감고 있었는데, 그 옆얼굴은 본 적이 있었다.

……저 노인.

……시스벨의 시종 슈바르츠다. 이런 곳에 있었구나!

그는 왕궁으로 가는 도중에 실종됐다.

히드라의 자객에게 습격당했을 거라고 생각은 했는데. 그를 발견한 것은 행운이었다. 여기가 인질 수용소임이 틀림없었다.

"네네, 사진은?"

"잘 찍었어. 이스카 오빠. 열 장은 찍었을걸? 증거는 충분해."

소형 촬영기를 다시 집어넣는 네네.

그 옆에서 검은 머리 소녀 나미가 흥분한 것처럼 주먹을 꽉 쥐고 있었다.

"역시 훌륭해, 시스테어. 슈바르츠가 여기 붙잡혀 있다면, 시스벨 님도──."

"네. 그런데……."

나미 옆에 있는 갈색 머리 소녀는 아직 석연치 않아 보였다.

"시스벨 님 같은 기척은 느껴지지 않아요. 이 건물 지하에는 안 계시는 것 같습니다."

"그럼 건물 지상층에 있는 거겠지. 최상층이 제일 수상해."

그렇게 대답한 진이 감시 카메라를 쳐다봤다.

"저 영감님이 살아 있는 것은 다행이지만. 네네, 저 천장의 감시 카메라 두 대를 어떻게 해볼 수 없어? 수십 초만 시간을 벌면 돼."

"……안 돼. 영상을 방해할 수는 있지만, '누군가가 카메라를 방해했다'는 정보는 감시 센터에 전달되거든. 우리가 침입했다는 사실도 들통날 거야."

"그럼 이쪽은 나중으로 미뤄야겠군. 저 영감님을 구출하자마자 병사들이 우리를 찾아다니기 시작할 테니까. 그런 상황에서 시스벨을 탈환하는 것은 불가능해."

먼저 시스벨부터 구출해야 한다.

그 후에 여유가 있으면 시종 슈바르츠도 구출한다. 다시 말해, 여유가 없으면 슈바르츠는 두고 갈 수밖에 없다.

"그렇지? 보스."

"……응. 냉정하게 말해서, 두 사람을 동시에 구할 수 있는 상황이 아니야. 시스벨 씨를 구하는 것이 먼저야."

최종 결정권자는 대장님이다.

작은 여대장은 루 가문의 시종 두 명을 재촉하면서 엘리베이터를 가리켰다.

"자, 이제 위로 가자."

"……알겠습니다."

분한 마음을 숨기지 못하면서도 두 시종은 아쉬움을 떨치려는 듯이 힘차게 돌아섰다.

경비원 사이를 통과해 다시 엘리베이터로.

──목적지는 15층.

그러나 엘리베이터는 14층까지만 간다.

최상층으로 가는 방법은 아직 모른다.

"아까 그 할머니가 14층으로 갔으니까, 우리도 우선 14층에서 탐색해보면 되겠지?"

미스미스가 14층으로 가는 조작판을 건드렸다.

고속으로 움직이기 시작하는 엘리베이터. 그 안에서 『반향』의 성령술사 시스테어가 귀에 손을 댄 채 눈을 감고 정신을 집중했다.

"시스테어 씨, 뭔가 들려?"

"경비원의 대화 소리는 들려요. 하지만 시스벨 님의 이름은 한 번도 나오지 않았습니다. 그리고 엘리베이터가 움직이는 동안에는 목소리를 수집하기도 어려워요."

8, 9, 10, 11층──.

중간층은 전부 무시했다.

안개의 성령으로 숨어 있는 것도 시간제한이 있다. 모든 층을 탐색할 수 있는 시간은 없으므로, 탐색할 층은 엄선해야 한다.

──14층과 15층.

아까 백야의 마녀 그뤼겔이 갔던 곳이 14층.

그리고 당주 탈리스만의 방이 있다고 추정되는 곳이 최상층인 15층이다.

"숨어 있을 수 있는 것은 앞으로 두 시간……."

스스로 기억하기 위해서 이스카는 그렇게 중얼거렸다.

"최상층으로 가는 방법은 아직 몰라. 특별한 엘리베이터가 있는 건지, 비상계단이 있는 건지. 아니면 또 다른 방법인지……."

"여기선 인해전술을 써야겠군. 여섯 명밖에 안 되지만."

진이 그렇게 이어서 말했다.

"14층에서 내리면 세 명씩 두 팀으로 나뉜다. 각각 14층을 수색. 15층으로 가는 방법을 찾는다. 아까 그 할멈을 찾으면 편할 텐데."

엘리베이터가 멈췄다.

두꺼운 문이 열리고 14층이 보였다. 그 광경은 지상 1층 로비와 똑같았다.

청결함이 느껴지는 넓은 통로, 단조로운 벽과 천장. 커다란 유리창을 통해 찬란한 햇빛이 쏟아져 들어와서 온화한 분위기를 자아내고 있었다.

"이스카 오빠, 이거 좀, 너무 조용하지 않아?"

통로를 둘러본 네네가 이상하다는 듯이 미간을 찡그렸다.

병사가 없었다.

일개 시종을 감시하기 위해 지하에 그토록 많이 모여 있었던 경비원이, 이 14층에서는 단 한 명도 눈에 띄지 않았다. 그게 오히려 기분 나빴다.

"이 층에는 우리들 외에는 아무도 없습니다. 그리고——."

시스테어의 말이 고요한 이 층에서 메아리쳤다.

"위층에는 한 명이 있습니다."

"한 명?! 어…… 그, 그렇다면?"

"아까 그 노파의 기척과는 다릅니다. 움직이는 기척이 없으므로 구속되어 있거나, 의자에 앉아 있거나. 둘 중 하나일 겁니다."

"……이번에야말로 시스벨 씨일 가능성이 있다는 거지?"

천장을 우러러보는 미스미스 대장.

상황을 보면 시스벨일 가능성이 매우 높지만, 인질을 감시하는 사람이 하나도 없다니. 그 탈리스만이란 남자가 과연 그렇게 어리석은 짓을 할까?

"진 군. 어떻게 생각해?"

"우리가 시스벨에게 도달하는 것을 철저히 막아낼 자신이 있다면, 뭐, 그럴 수도 있지. 특수한 성령술을 층 전체에 걸어놨다든가, 시스벨을 가둔 방이 특수하다든가."

진이 솔선해서 걸음을 뗐다.

아무도 없는 통로의 안쪽을 향해.

"먼저 최상층으로 침입하는 방법을 알아보자. 위에 있는 것이 시스벨인지 아닌지 생각하는 것은 나중에 해도 돼."

그런데 진이 곧 걸음을 멈췄다.

눈앞의 십자로에서 오른쪽으로 돌자마자 거칠게 혀를 찼다.

"……그렇게 생각했는데. 짜증나는 짓을 하는군."

"뭐? 왜 그래, 진 군?"

"보면 알아."

선두의 진이 손가락으로 뭔가를 가리켰다. 그걸 본 전원이 할 말을 잃었다.

——비밀통로.

루 가문의 별장에 있었던 것과 같은 구조다. 벽의 일부가 뻥 뚫렸는데, 그 구멍 안쪽에서 나선계단의 모습이 언뜻 보였다.

……누군가가 올라가면서 열어놓고 갔다. 아니, 그럴 리 없나.

……침입자인 우리를 유인하는 함정인가? 그렇다 해도, 일부러 최상층으로 끌어들이는 이유가 뭘까?

당장은 생각이 나지 않았다.

아무도 의견을 내놓지 않았다. 그 정적을 확 깨뜨리려고 이스카는 나선계단에 발을 디뎠다.

"제가 올라가 볼게요."

"앗, 이스카 군?! 그, 그래도 괜찮아……?"

"물론 경계하면서 나아갈 겁니다. 내가 올라간 다음에 다른 분들이 따라와 주세요."

나선계단을 재빨리 올라가자, 30초도 안 걸려서 최상층에 도착했다.

열려 있는 문을 통과한 순간——.

"…………."

이스카의 눈앞에는 넓은 통로가 펼쳐져 있었다.

그 안쪽에 있는 방은 세 개.

좌우의 두 개는 회의실인 것 같았다. 그리고 중앙에는 뭔가 엄청난 기계 장치가 달린 문이 있었다.

"이스카 오빠, 그쪽은 어때?"

"당장 위험하진 않은 것 같아. 오히려 네네, 너한테 물어보고 싶어. 이거 어떻게 생각해?"

"응? 뭔데?"

계단을 올라온 네네가 이스카 옆에 서더니 눈을 가늘게 떴다.

중앙의 문에 붙어 있는 기계 장치를 응시하면서.

"어, 여기가 광학 디바이스니까…… 3중 인증이야. 정맥을 이용한 생체 인증과 패스워드, 카드. 전부 다 있어야 열 수 있어."

"요컨대 탈리스만의 개인실이라는 거잖아. 여기가."

진이 맨 뒤에 서 있는 시스테어를 향해 눈짓했다.

"이 층에서 느껴지는 기척은 한 명밖에 없다고 했지? 물어볼 필요도 없겠지만. 그건 어디 있어?"

"…………."

갈색 머리 소녀가 가리킨 것은 정면.

3중 인증에 의해 제어되는 문 너머의 공간이었다.

"기척은 이 방 안에서 느껴집니다. 안에 있는 것이 시스벨 님이라면, 감시자가 없는 것은 이 방의 잠금장치가 이토록 엄중하기 때문일까요……?"

"글쎄. 뭐, 사실 문을 부수면 침입은 얼마든지 할 수 있어. 들킬 테지만."

천장의 감시 카메라를 쏘아보면서 진이 어깨를 으쓱했다.

"우리 모습이 보이지 않아도, 문을 부수면 그것이 카메라에 찍힐 거야. 그러면 건물 출구가 봉쇄돼서 탈출하기도 어려워질 테고. 문을 부수고 들어갈 거면, 이 안에 있는 것이 시스벨이라는 확신이 있었으면 좋겠어."

"……숨소리를 들어보면, 이 안에 있는 사람은 『젊은 여성』인 것 같습니다."

신중한 표정으로 시스테어가 그렇게 말했다.

"호흡의 깊이와 소리를 통해 남녀 식별이 가능합니다. 그리고 연령에 따라 호흡의 속도가 달라집니다. 개인차는 있지만, 젊은 여성일 가능성이 높다고 봅니다."

시스벨의 특징과 일치한다.

"저기…… 여기서 한 시간 동안 매복하면 안 돼?"

미스미스 대장이 입을 열었다.

"앞으로 한 시간 반은 숨어 있을 수 있잖아? 이 문을 부수고 안에 있는 시스벨 씨를 구해서 탈출하는 것 자체는 30분도 안 걸릴 거야. 그렇지? 한 시간은 유예가 있다고 생각해. 그동안 여기서 잠복하고 기다리는 건…… 어떨까?"

누군가가 이 문을 열 때까지 기다린다.

그때 같이 들어가면, 문을 부수지 않아도 침입할 수 있다. 감시 카메라에 찍히지 않는다.

"어, 어떻게 생각해? 진 군."

"웬일로 보스답지 않게 괜찮은 의견을 내놨네. 누가 가르쳐준 작전이야?"

"아무도 안 가르쳐줬거든?!"

"나쁘지 않아. 이 층에 오는 녀석은 카드도 있고, 패스워드도 알고 있을 테니까. 그것을 빼앗을 기회도 있을 거야."

나미와 시스테어도 이의를 제기하지 않았다.

이 최상층에 숨어서 기다린다. 그러다 누가 오면————전원이 이에 동의하려고 했는데, 그 순간.

땅이 흔들릴 정도로 엄청난 대폭발이 스노 더 선을 덮쳤다.

창밖에서.

한순간 섬광이 번쩍이더니, 지상에서 터져 나온 폭발음이 고막을 강하게 찔렀다.

"뭐, 뭐야?! 폭발……?"

"밖인가?!"

통로의 유리창이 흔들릴 정도의 굉음이었다.

창문을 통해 부지를 내려다봤더니, 검은 연기가 뭉게뭉게 피어나고 불티가 치솟아 사방을 뒤덮고 있었다.

폭격?

그러나 불길이 너무 거세서 부지의 상황을 확인하기도 어려웠다.

"이런 건 금시초문인데."

진이 창가로 뛰어갔다.

"도대체 누가 무슨 목적으로 폭격을 한 거지?"

"저, 저희도 몰라요! 이번 작전과는 무관할 겁니다!"

당황하여 소리를 지르는 루 가문의 시종들.

그 옆에서——.

"저건 뭐지?"

이스카가 그렇게 말하면서 응시했다. 폭풍 속에서 희미하게 새어 나온 빛을.

화염의 빛이 아니었다. 그 빛이 허공에 녹아들듯이 금방 사라졌기 때문이다.

"성령 에너지?!"

그럼 이 폭발도 성령술인가?

어떤 성령술사가 이 거점을 기습했다. 상황만 보면 그런 것 같은데.

……잠깐만. 그렇게 단순한 상황이 아니다.

……히드라의 거점에서 이런 짓을 했다가는 왕가와 싸우게 될 것이다.

왕족인 앨리스조차도 이곳은 함부로 건드리지 못했다.

그래서 부끄러움을 무릅쓰고 제국 부대에 이번 일을 부탁했다.

그렇다면, 현재 저 아래에서 발생한 폭발은 무엇이냐?

도대체 누구냐. 히드라라는 시조의 혈맥과의 싸움조차 두려워하지 않는 저 대담무쌍한 파괴 행위는 대체 무엇인가.

"……누구냐."

울려 퍼지는 사이렌 소리.

이 순간——.

모든 상황을 이해한 사람은 아무도 없었다.

스노 더 선에서 발생한 이 비상사태는 이스카는 물론이고 당주 탈리스만조차도 예측하지 못한 사건이었으므로.

그렇다. 예측할 수 있을 리 없었다.

이것은 면밀한 작전이나 준비 같은 것과는 상관없는——한 남자의 개인적인 복수였기 때문이다.

"박수갈채로 맞이하라."

광대한 스노 더 선의 부지.

원형을 알아볼 수 없을 정도로 찌그러진 철책을 짓밟듯이 뛰어넘어. 백발 미장부가 의기양양하게 고하며 들어오는 것이 보였다.

벌거벗은 상반신에 두꺼운 롱코트를 직접 걸친 대담한 모습으로.

"당주가 있으면…… 하고 기대했는데, 그놈은 왕궁에 있나 보군. 흥, 그래."

늠름한 용모와 뚜렷한 이목구비.

수천, 수만이나 되는 불티들도 마치 무대를 비추는 조명인 것처럼, 그 남자는 위풍당당하게 히드라의 소굴로 걸어 들어왔다.

　──초월의 마인 샐린저.

　달려오는 사병들을 힐끗 보더니.

　과거에 여왕 네뷸리스 7세를 공격했던 남자가 화염을 등지고 선언했다.

　"꿇어라. 여기서 고개 숙이는 자만 살려주마."

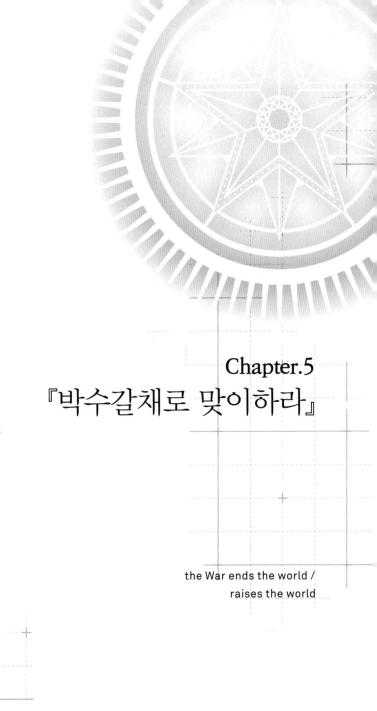

Chapter.5
『박수갈채로 맞이하라』

the War ends the world /
raises the world

1

이 별에서 가장 관대한 생물은?

이 별에서 가장 흉포한 생물은?

정답은 둘 다 『용』이다.

별의 비경(祕境)에서만 서식하는 이 생물은 완전히 차원이 다르게 강한 존재이므로, 거의 동요하는 일이 없다.

인간 연구원이 손으로 만져도, 눈앞에서 로켓포를 발사해도 개의치 않고 계속 잠을 잔다.

단, 『용의 역린』만은 예외다.

온몸을 뒤덮은 비늘 중 유일하게 약한 비늘. 누가 이 약점을 건드렸을 때만 용은 몹시 격분한다고 한다. 눈에 보이는 모든 것을 파괴해버릴 정도로.

──그것과 마찬가지였다.

샐린저라는 남자의 가치관 속에는 제국도 황청도 없었다.

성령이란 것의 숨겨진 오의에 도달하고자 하는 의지. 그 외의 것들은──제국군이 네뷸리스 왕궁을 습격한 것도, 그 이면에 히드라 가문의 음모가 존재하는 것도, 전혀 중요하지 않았다.

……그랬을 것이다.

히드라의 음모가 샐린저의 단 하나뿐인 『역린』을 건드리기 전까지는.

"한심하네요. 스스로도 변명할 마음조차 들지 않을 정도예요."

"내 나름대로 여왕의 책무를 다하기 위해 노력했는데…… 나는, 대체 언제부터 이렇게 나약해진 걸까요."

밀라가 상처를 입었다.

몸도, 마음도.

"……30년 전에도 그랬다. 그러나 나는 용서했다."

사실무근인 여왕 습격 죄를 뒤집어쓰고, 필설로 형용할 수 없는 고문을 당했다. 하지만. 그래도 굳이 히드라에게 복수할 마음은 없었다.

복수란 것은 감정을 과거에 묶어놓는 행위.

오로지 미래만 바라보는 그의 미학에 반하는 개념——그러나.

"샐린저."

"나는 당신을 유일한 숙적이라고 생각했어요. 우리가 적이어도, 같이 있을 때는 즐거웠고. 더 오래 같이 있고 싶었는데."

건드리면 안 되는 것이 있다.

용에게는 역린이 그러하듯이.

샐린저라는 남자에게는, 그녀가 바로 그런 존재였다.

"불경이 도가 지나쳤어. 히드라. 여왕에 대한 불경이 아니다. 이것은 나에 대한 불경임을 똑똑히 깨달아라."

그것은.

초월의 마인이 살면서 단 한 번, 자신의 미학에 반하는『복수』를 하겠다고 선언하는 것이었다.

"네놈들은 대체 누구의 허락을 받고 밀라에게 손을 댄 것이냐!"

━━━━━

네뷸리스 왕궁, 다목적 홀.

시조의 말예들의 회의가 엄숙하게 진행되는 와중에.

"히드라 가문의 건물에서 대폭발이 발생했다고요?!"

앨리스의 목소리가 홀에 높이 울려 퍼졌다.

"앨리스 님, 소리가 너무 큽니다."

"아, 아니, 하지만……!"

린이 타이르자 앨리스는 겨우 정신을 차렸다.

불이 났다는 보고가 들어온 장소는 스노 더 선. 이스카 일행이 침입한 히드라의 거점이었다.

……이스카 일행이 전투하는 건가?

……그럼 잠복 도중에 들킨 거야?!

평정을 유지하고 싶어도 자꾸만 불안감이 밀려와서 심장이 점점 더 빠르게 뛰었다.

불행 중 다행인지, 경악을 금치 못하는 것은 앨리스 혼자만이 아니었다. 뒤에 앉아 있는 수십 명이나 되는 가신들과 호위병들도 같은 표정을 짓고 있었다.

"심상치 않은 사태군."

온화한 목소리. 다름 아닌 히드라 가문의 당주가 낸 소리였다.

시스벨을 감금한 것으로 추정되는 거점에서 대폭발이 발생했다는 소식을 들었는데도, 그는 여전히 태연한 눈빛을 유지하고 있었다.

"제국의 습격이 바로 며칠 전에 있었으니까. 이 부근에도 아직 제국 부대의 잔당이 숨어 있을 수 있지. 이봐, 자네."

탈리스만이 돌아본 곳에는 숨을 헐떡거리는 친위대가 있었다.

최초의 소식을 전하려고 이제 막 뛰어온 청년이었다.

"내 예상으로는 범인은 제국 병사일 거야. 즉시 경비대를――."

"아, 아닙니다!"

"뭐?"

"마인 샐린저. 알카트루즈 감옥에서 탈주해 행방을 감췄던 범죄자입니다!"

"……뭐라고?"

그 한마디에.

탈리스만의 미소의 가면에 금이 갔다.

"그 정보는 확실한 건가? 잘못 본 게 아니라?"

"네, 그렇습니다. 현재 경비대에 영상도 요청한 상태입니다! 그러나 이미 감시 카메라에 찍힌 얼굴과 수감 당시의 얼굴 데이터 조회는 완료했다고⋯⋯."

"그 결과, 틀림없는 사실이라고?"

"네."

"⋯⋯⋯⋯⋯."

탈리스만이 말없이 팔짱을 꼈다.

그 상황 전체를 테이블 너머로 지켜보면서 앨리스는 시종과 얼굴을 마주 봤다.

"저기, 린?"

"저, 저도 몰라요! 그 남자를 마지막으로 본 것이 알카트루즈였고, 그 후 아무도 그의 행방을 찾아내지 못했어요. 혹시 여왕 폐하는 뭔가━━━━폐하?"

린이 앨리스 옆에 있는 여왕에게 말을 걸었다.

"⋯⋯폐하?"

여왕은 대답하지 않았다.

애초에 린의 말을 듣지 못했다. 여왕의 옆얼굴은 마치 영혼이 여기 없는 것처럼 멍해 보였다.

"⋯⋯샐린저. 당신, 대체 무슨 짓을⋯⋯."

여왕의 가냘픈 중얼거림.

"회의를 계속하자."

짝! 하고.

손뼉을 친 탈리스만의 한마디가 홀에 메아리쳤다.

"범인이 명백하다면 사태는 잘 수습될 거야. 아, 왕궁의 지원은 감사하지만 사양하겠어. 우리의 방위력으로도 충분하니까."

"당신답지 않군."

그렇게 대꾸한 사람은 조아의 가면 경이었다.

침묵으로 일관하던 그 남자가 차가운 미소를 지었다. 옆에는 검은 머리 소녀——안대로 눈을 가린 키싱을 거느린 채.

"그 악명 높은 마인이 왜 이런 시기에 공격에 나섰을까. 평소의 탈리스만 경이라면 당연히 그런 의문을 가지실 텐데."

"…………."

"공격당한 곳은 성령 공학 연구소『스노 더 선』이라고 했지. 왜 그 시설이 공격당했는지, 짚이는 바가 있는 거 아니신가?"

"악당의 생각을 보통 사람이 어찌 이해하겠나."

어깨를 으쓱하는 탈리스만.

"짐작 가는 것은 하나도 없어. 범행 동기는 그자를 붙잡아서 조사하면 되는 거고."

"흐음?"

가면 경의 목소리에 호기심이 섞였다.

"그 마인을 붙잡으시겠다고?"

"우리의 경비 태세는 완벽해. 뭐, 사실 제국 부대가 언제 습격

해올지 모르니까."

그 대화를 듣고.

"⋯⋯!"

앨리스는 조용히 이를 악물었다.

그게 아니다.

탈리스만이 말하는 「제국 부대」란 것은 왕궁을 습격한 제국군의 잔당이 아니다. 시스벨을 탈환하려는 제907부대를 암시하는 것이다.

⋯⋯경비는 완벽하다. 즉, 이스카 일행을 물리치겠다는 의욕이 넘친다는 거군.

⋯⋯스노 더 선이 습격당하리란 것도 예상했나 보다.

그런데 이게 어찌 된 일일까.

이 타이밍. 우연이라고 생각하기는 어려웠다.

한번 모습을 감췄던 대역죄인이 왜 지금 이 시기에 나타난 걸까? 그리고 스노 더 선을 공격한 이유는 무엇일까.

2

히드라 학술원, 첨단 성령 공학 연구소『스노 더 선』.

마치 초록빛 해원처럼 드넓고 싱싱한 잔디로 뒤덮인 연구소 부지──그곳이 지금은 불길에 휩싸여 검붉게 변해 있었다.

찌그러진 철책.

그 주위에 누워 있는 것은 샐린저의 『질풍』의 성령술을 맞고 쓰러진 경비병들이었다.

"덤벼들 상대를 잘못 골랐구나. 히드라."

어깨에 걸친 웃옷을 크게 펄럭이면서.

백발 미장부는 치솟는 불티를 가르고 일직선으로 걸어 들어갔다.

"한낱 분풀이를 해봤자 재미가 없지. 네놈들이 초래한 이 나라의 동란. 내가 직접 모든 것을 백일하에 드러내줄까?"

스노 더 선 1층 입구.

거기서 튀어나온 것은 열 명이 넘는 사병들이었다. 거대한 총과 성령 대항용 방패는 성령술사와의 싸움에 특화된 것이었다.

"착각이 심하구나."

그는 모여든 병사들을 일소에 부쳤다.

"단역조차 못 되는 졸병들 주제에. 설마 자기들이 이 무대의 주역이라고 착각하기라도 한 것이냐? 네놈들은 말석에서 주역인 나를 위해 박수나 쳐야지."

총구가 겨눠졌다.

그것을 지루한 듯이 바라보고 한숨을 쉬려다——.

"오, 그래."

샐린저는 손가락을 딱 튕겼다.

"탈리스만의 특별 교육. 『그레고리오 비문(秘文)』이 어디 있는지 아는 사람은 이리 나와 봐라. 지금 이 순간만은 무대에 올라오는 것을 허가해주마."

침묵.

총을 겨눈 사병은 아무도 응답하지 않았다. 아느냐 마느냐 하는 문제가 아니라, 그것이 무엇인지조차 이해를 못 했기 때문이다.

"하하하! 그래, 그거야. 당주는 네놈들을 전혀 신용하지 않은 거다."

마인의 조소.

"됐어. 얼굴 보기도 지겹다. 속히 사라져라——."

"별은 분노로 가득 차 있어."

보랏빛 화염——.

검은 연기가 나는 잔디밭이 쩍 갈라지더니, 그 균열에서 화염의 벽이 솟구쳤다. 샐린저를 뒤덮는 돔 형태의 결계로서.

"이건…… 성염(星炎)인가?"

샐린저의 두 눈이 형형하게 빛났다.

이 불은 성령술이 아니다. 막대한 성령 에너지가 응축됨으로써 열을 얻고 불꽃처럼 구상화된 것. 일단 타오르기 시작하면 물로도 냉기로도 끌 수 없다.

100년 전 제도를 잿더미로 만들었던 대화재의 정체.

"성염의 감옥. 이것으로 나를 격리했다고 생각하는 거냐?"

"아니, 여기는 너의 무덤이야."

보랏빛 화염의 벽에 인간 크기의 그림자가 떠올랐다.

소녀 같은 그 목소리의 주인공은——.

"화형. 금기를 깬 대역죄인은 가엾게도 화염에 의해 정화되는 거야."

인간이 아니었다.

머리카락으로 추정되는 것은 루비 같은 금속 형태로 응고되었고. 옷을 입지 않은 소녀인 듯한 육체는 유리처럼 투명했다.

"초월의 마인 샐린저? 와, 꽤 젊어 보이네. 게다가 내가 좋아하는 멋진 미남이야. 태워 죽이기 아까울 정도네."

"…………."

"어머, 왜 갑자기 조용해졌어? 내 모습이 그렇게 매력적이야?"

"그 피험자인가."

"?!"

샐린저의 한마디에, 인간이 아닌 소녀가 눈을 크게 떴다.

"흐음, 그게 무슨 소리야?"

"시치미 떼지 마라."

성염의 돔을 빙글 둘러보더니, 백발 미장부가 이야기를 계속했다.

"제3차 통합 『인간과 성령의 통합』——이것을 해낸 인간은 성령술사의 차원을 뛰어넘어 완전히 새로운 경지에 도달한다. 그러나 자력으로 거기까지 도달한 사람은 별의 역사상 겨우 두 명. **시조 네뷸리스와 천제 융메룽겐**밖에 없어."

"———."

"머잖아 내가 세 번째가 될 텐데. 히드라 가문의 혈맥은 그것을 인공적으로 도달하는 실험을 수십 년 전부터 계속하고 있었지. 네놈은 그 실험의 피험자. 그렇지?"

인간에게 성령이 깃들어 인간은 성령술사가 된다.

그렇다면, 만약에——.

인간과 성령이 「깃드는 것」 이상으로 「융합」을 하게 된다면?

"나는 30년 전에도 봤거든. 너는 아니고, 너보다 훨씬 전의 프로토타입(초기 피험자). 당시 네뷸리스 7세를 공격했던 진범."

"아. 뭐야, 그것까지 알고 있었어?"

인간이 아닌 소녀는 놀랄 만큼 순순히 대답해줬다.

"저기, 혹시 나에 관해서도 알아?"

"모른다. 알고 싶지도 않고."

"비소와즈. 알다시피 인간이기를 그만뒀는데, 피험자라는 것은 싫어하니까 이름으로 불러주지 않을래?"

"과한 부탁이군."

돔 형태로 펼쳐진 보랏빛 화염을 둘러보면서 대꾸했다.

"감히 나에게 이름을 기억해 달라는 것이냐. 천한 하녀가 참으로 주제넘구나."

"나는 『그레고리오 비문』이 어디 있는지도 알고 있는데? 그런 식으로 말해도 되겠어?"

"어차피 이 건물 최상층에 있을 테지."

샐린저가 화염의 벽을 힐끗 보고 나직하게 웃었다.

"내가 『비문』을 언급하자마자 네가 허겁지겁 나타나더니, 건물에 들어가기 전에 나를 결계로 격리시켰다. 일부러 자신의 카드인 성염까지 보여주면서."

"…………."

"치졸하군. 그걸로 나를 속일 수 있다고 생각했느냐?"

"아~ 유감이야."

마녀 비소와즈가 쿡쿡 웃었다.

그 온몸에서 흘러나오는 성염이 확! 하고 소리를 내면서 커졌다.

"너는 너무 많은 것을 알아버렸어. 외모가 은근히 내 마음에 들어서 친절하게 가지고 놀아주려고 했는데. 됐어, 당장 숯덩이로 만들어줄게."

"아주 거만하구나. 피험자(샘플) 주제에."

"구시대의 마인 씨에게 가르쳐줄게. 너의 시대는 이미 지나갔어. 인제 와서 현대에 뻔뻔하게 끼어들어 봤자, 네가 춤출 무대의 각본은 오래전에 폐막했어."

"뭘 모르는군."

빈정거리는 마녀의 조소.

비웃음을 당한 초월의 마인은 여전히 여유로운 태도를 유지했다.

"내가 무대에 올라가는 게 아니다. 내가 있는 곳이 무대가 되는 거야. 그래서 맨 처음에 말했잖아? '박수갈채로 맞이하라'고."

───────────

스노 더 선, 15층.

당주 탈리스만의 개인실 앞에서.

제907부대와 시종 두 명은 저 아래쪽의 광경을 반쯤 넋을 잃고 내려다보고 있었다.

피어오르는 불티와 연기 때문에 잘 보이지 않았지만, 창고나 건물에서 총을 든 병사들이 밖으로 튀어나오고 있었다.

"저, 저기, 진 군! 경비병이 밖으로 나간다는 것은, 우리가 들키진 않았단 뜻이지……?"

"응, 아마도. 우연인지는 몰라도, 우리 외에도 어지간히 정신 나간 놈이 있는 모양이야."

유리창에 손을 대는 진.

눈도 깜빡이지 않고 아래쪽을 내려다보면서──.

"이 폭발. 상황을 고려한다면 우리와 관련이 있을 텐데. 정말 아무것도 모른단 말이지?"

"모, 모른다고 말했잖아요!"

안개의 성령술사 나미가 까만 머리카락을 휘두르듯이 고개를 세차게 흔들었다.

"린 님이 이렇게 무식한 수단을 사용할 리 없습니다. 애초에 억지로 건물에 쳐들어갈 생각이었다면, 저의 성령도 필요 없는 거잖아요……?"

"그럼 저건 누군데."

"그, 그걸 알면 참 좋을 텐데요!"

"──잠깐, 나미. 조용히 해봐."

동료의 말을 가로막은 것은 또 한 명의 시종 시스테어였다.

정신을 집중하기 위해 눈을 감고 있었다. 반향의 성령을 가진 이 소녀에게는 지상의 소리가 희미하게나마 들리는 것이리라.

잠시 후.

"……**샐린저.**"

소녀가 그 이름을 말하자, 이스카는 귀를 의심했다.

생각나는 사람은 딱 한 명이었다. 그것은 알카트루즈의 감옥탑에서도 최악의 존재로 알려진 마인의 이름이 아닌가.

……아니, 하지만 그 녀석은.

……탈주 직전에 붙잡아서 가둬놨는데. 뭐가 어떻게 된 거야?

그 남자의 이름이 왜 여기서 나오는 거지?

"샐린저? 진 오빠, 그게 누구야? 네네는 잘 기억이 안 나."

"나도 몰라. 정확히 기억나지 않는 것을 보면 별것 아닌 거겠지."

"별것 아닌 게 아니거든요?!"

나미가 소리를 질렀다.

"샐린저는 이 나라에서는 아주 무시무시한 거물 범죄자예요! 약 30년 전에 왕궁에 침입해서 당시의 여왕 7세를 공격했던 악당! 시스테어, 저기, 역시 잘못 들은 게…….."

"지상의 경비원이 그렇게 소리치고 있어요."

반향의 성령을 가진 시종 시스테어가 천천히 눈을 떴다.

"우리가 동요한 것 이상으로 적의 경비병도 혼란에 빠진 것이 확실해요. 미스미스 대장님, 지금이 기회라고 생각합니다."

"작전을 변경하자는 거야?!"

"네. 적 진영이 혼란에 빠졌다는 점에서는 절호의 기회입니다."

탈리스만의 개인실——.

3중 인증으로 제어되고 있는 문을 가리키는 시스테어. 미스미스는 입을 꾹 다물었다.

"경비병이 전부 밖으로 나가서 건물 안의 경비는 허술해졌다. 지금이라면 우리가 다소 위험한 짓을 해도 들키지 않는다. 그런 거야?"

"네. 들켜도 샐린저가 한 짓이라고 생각할 테죠. 즉시 시스벨 님을 구출해서 이곳을 탈출하는 것이 최선책이라고 생각합니다."

"……좋아. 이스카 군, 가능해?"

"네, 부술게요."

일섬(一閃).

발도술처럼 빠르게 뽑은 흑강의 검이, 문짝에 사람 하나만큼 커다란 구멍을 만들어냈다.

천장의 감시 카메라도 진이 권총으로 파괴했다.

"네네."

"응, 알았어!"

문의 구멍으로 뛰어든 네네가 방 안에서 잠금을 해제. 두꺼운 문을 밀어 열었다.

──탈리스만의 개인실로.

이스카가 방 안에 발을 들여놓은 순간, 잉크 냄새가 후각을 자극했다.

실내는 회의실처럼 넓었다.

벽 쪽에는 천장에 닿을 듯이 높은 책장들이 쭉 늘어서 있었다.

……연구실?

……아니, 이곳은 그놈의 서재인가?

성령 연구, 오래된 언어학, 천문학, 철학에 이르기까지.

하나의 책장에 100권이 넘는 책이 꽂혀 있었다. 그런 책장이 수십 개나 방을 에워싸고 있어서 마치 도서관처럼 보였다.

"시스벨 님!"

검은 머리 소녀 나미가 애타게 부르면서 실내를 살펴봤다.

"시스벨 님, 구하러 왔──."

방의 저 안쪽.

끼익…….

강렬한 햇빛 속에서, 반대쪽으로 돌려져 있던 의자가 회전하기 시작했다.

당주 탈리스만의 물건인 듯한 호화로운 의자가 반쯤 돌았다. 거기 앉아 있는 인물의 옆얼굴이 확실히 보였다.

"성격이 급하구나. 면회 예약을 했으면, 적어도 다과는 준비했을 텐데."

아름다운 목소리.

그렇게 말한 것은 하늘보다도 선명한 감청색 머리카락을 지닌 소녀였다.

"아하, 그래. 문이 저절로 열렸는데 모습이 보이지 않는다는 것은, 『안개』의 성령이거나 그 아종인 거겠지? 감시망을 피해서 여기까지 오다니. 꽤 희소한 성령을 가지고 있구나."

또렷한 이목구비와 성숙한 풍모.

늘씬하고 하얀 허벅지를 자랑하는 것처럼 다리를 반대로 꼬는 그 몸짓까지도 마치 계산된 것처럼 화려하고 아름다웠다.

그 고귀한 아름다움은 자신이 아는 앨리스나 시스벨과도 공통된 것이었다.

"……미젤히비 왕녀예요."

시스테어의 갈라진 한숨.

그녀는 이스카의 뒤에서 그의 등을 향해 속삭이듯이 말했다.

"제가 감지한 숨소리는 시스벨 님이 아니라 저 사람이었어요. 실수했습니다."

"이 녀석이라고?"

히드라의 혈맥 중에서.

스노 더 선 침입을 앞두고, 린이 처음부터 경계했던 순혈종이다.

──미젤히비 히드라 네뷸리스 9세.

히드라의 차기 당주로 여겨지며, 좀처럼 탈리스만 곁을 떠나지 않는 존재.

그 능력은…….

"미젤히비 왕녀의 성령은『광휘』라고 불린다."

"상당히 특수한 능력이야. 비슷한 성령이 거의 없는데, 내가 듣기로는……."

린이 제공한 정보를 떠올려봤다.

그 순간.

"──불쾌해."

눈부신 섬광이 눈꺼풀을 태웠다.

찬란한 태양 광선과도 비슷한 빛이, 순혈종 미젤히비의 이마에 있는 성문에서 발사됐다. 방대한 성령 에너지의 구체화.

……이 빛은 뭐야?!

……성령 에너지의 방사(放射)라고 쳐도, 이건 너무 방대하잖아!

시야가 온통 새하얗게 변할 정도로 눈부셨다. 눈을 뜨기도 어려웠다.

"내 뜻이 전달되지 않은 걸까? 모습을 드러내라고 말한 거야. 한 조각 자비를 베풀어 기다려줬건만. 그쪽이 응할 마음이 없다면."

딱.

감청색 머리 소녀가 나긋한 손가락을 튕겼다.

"즉결 처형."

모터 돌아가는 소리가 났다.

이스카 일행을 에워싼 책장에서 사방팔방으로——수십 개나 되는 총구가 튀어나왔다.

두꺼운 책과 책 사이에서.

"⋯⋯앗?!"

그곳에 있는 사람들 전원이 눈치챘다.

이곳은 당주 탈리스만의 서재가 아니다. 처형장이었다.

"성령 에너지를 모아서 발사하는 광선총. 도합 스물네 자루. 이 시설의 시작품이지만 위력은 보증할게. 누가 뭐래도 내 성령 에너지거든."

순혈종이 손가락으로 가리켰다.

방의 중앙——정확히 이스카 일행이 서 있는 장소를.

"잘 가."

"엎드려!"

순혈종의 냉철한 선고는 이스카의 외침에 의해 지워졌다.

발사된 성령광.

자신들을 꿰뚫는 그 모든 사선(射線)은 이스카가 휘두른 까만 칼날에 의해 절단됐다. 그러나 다 절단하지 못한 광선이 어깨를 스쳤고, 이스카의 어깨에서 붉은 액체가 주르륵 흘러내렸다.

"어머, 드디어 한 명이 등장하셨네."

허공에 나타난 이스카의 모습을 보자, 소녀가 입꼬리를 끌어올렸다.

좀 전에 순간적으로——.

덮쳐오는 광선을 베기 위해 전력으로 몸을 움직였기 때문에,『안개』의 성령으로 숨길 수 있는 속도를 넘어버린 것이었다.

"당신 혼자야? 아니면 아직 보이진 않아도, 총 맞은 동료가 바닥에 쓰러져 있는 걸까? 안개의 성령은 다루기가 쉽지 않지. 안 그래?"

"후퇴해!"

모습을 숨기고 있는 다섯 명을 향해 이스카가 외쳤다.

"먼저 지상으로 가!"

"뭐?! 이스카 군!"

"나 혼자면 어떻게든 할 수 있으니까. 빨리 가요!"

이스카에게도 다섯 사람의 모습은 보이지 않았다.

안개의 효과 대상에서 혼자만 탈락됐기 때문일 것이다. 그러나 등 뒤에서 느껴지는 여러 개의 기척이 방 밖으로 뛰어나간 것은 감지할 수 있었다.

……최상층에 시스벨은 없었다.

……이 건물에는 시종 슈바르츠밖에 없었다. 시스벨은 다른 곳으로 옮겨진 건가?

얻은 것보다 잃은 것이 더 많았다.

시스벨이 있는 장소를 알아내지도 못했는데, 자기들이 침입했다는 사실만 일방적으로 들킨 것이다.

"도망치게 놔둘 리 없잖아."

책상 위——탁상전화기에 설치된 버튼이 강하게 점멸하고 있었다.

경비병 전체에게 연락한 건가?

방금 한순간에 미젤히비가 버튼을 누른 것이리라.

"그런데 도둑 씨. 당신 동료는 그만 포기하고——."

히드라 가문의 왕녀가 단아한 몸짓으로 몸을 일으켰다.

"거래를 하자. 너 하나만 살려줄 테니까 내 편이 되렴."

"……뭐라고?"

"저 마인이 원하는 것은 **이거**잖아?"

귀에 단 귀걸이——.

아름다운 소녀는 태양 모티브인 장신구를 손톱으로 가볍게 튕겼다.

"수십 년이나 감옥에 갇혀 있었던 남자가 어떻게 우리의 기밀을 알게 되었는지 궁금하거든. 이 건물에서 무사히 도망쳐 나온 척하고, 그놈에게 가서 한번 알아내봐. 『그레고리오 비문』의 존재를 어떻게 알게 됐는지."

"뭐?"

위화감.

이 왕녀는 무슨 말을 하는 걸까.

……우리는 시스벨을 되찾으러 왔을 뿐인데.

……『그레고리오 비문』이 뭐지? 샐린저와 관련된 건가?

생각의 엇갈림.

이스카는 당연히 자기들의 정체가 들통났을 거라고 지레짐작했다.

그러나 미젤히비는 또 다른 관점에서——.

마인 샐린저가 지금 스노 더 선을 습격하고 있으니, **최상층으로 들어온 침입자는 당연히 샐린저의 부하일 것**이라고 짐작했다.

——그런 서로의 짐작이 어긋났다.

이스카로서도 차기 당주 미젤히비의 제안이 무슨 의도인지 알 수가 없었다.

"……뭐가 어떻게 된 거야."

"!"

이스카의 독백 같은 한마디에 미젤히비가 살짝 혀를 찼다.

이 총명한 왕녀는 이스카의 반응을 보고 즉시 눈치챈 것이었다. 눈앞에 있는 침입자는 샐린저의 자객이 아니라——.

"실수했어. 당신은 루의 자객이구나. 그렇다면 바깥에 있는 마인의 존재는, 그저 우연인가?"

오른손을 앞으로 내밀고.

나긋한 손가락으로 이스카를 찌를 듯이 가리키면서 말했다.

"예정 변경. 역시 당신은 여기서 사라져야겠어."

스물네 개나 되는 총구가 빛나기 시작했다.

성령 에너지를 응축한 광선. 그것을 흑의 성검이 베어버렸다.

"빛을 베다니?! 이럴 수가, 말도 안 돼……!"

소녀가 깜짝 놀랐다.

"아, 그래. 설마 당신이 전직 사도성 이스카인가? 비소와즈가 그녀답지 않게 보고하기 싫어하는 티를 냈었는데. 비소와즈에게 상당히 심한 짓을 했나 봐."

"글쎄, 기억이 안 나는데."

"무례한 것……이라고 하고 싶지만, 용서해줄게."

순혈종 미젤히비의 눈이 형형하게 빛났다.

그 직후 왕녀의 온몸에서 이스카가 무의식적으로 뒷걸음질 칠 만큼 어마어마한 성령광이 나오기 시작했다.

──전례가 없을 정도로.

빛을 받는 자에게 무조건적인 굴복을 강요하는 듯한 중압감.

"크윽! 이 빛이 『광휘』인가……?!"

"당신은 **그 대단한** 앨리스리제와 싸워서 살아남았다면서? 기대되네. 그렇게 강한 자는 과연 어떤 식으로 울부짖을까?"

가학적인 미소.

가로로 길쭉한 두 눈을 초승달같이 가늘게 일그러뜨리면서, 감청색 머리 마녀가 양팔을 벌렸다.

"나는 미젤히비 히드라 네뷸리스 9세──자, 이 세상에서 가장 고귀한 힘을 보여주마."

스노 더 선——.

최상층과 연결된 비밀계단을 굴러떨어지듯이 뛰어 내려가면서.

"······상황이 꽤 심각합니다."

선두에 선 검은 머리 소녀 나미가 씁쓸하게 한마디를 뱉었다.

"샐린저의 습격을 두려워해서 그런 건지도 모르지만, 어쨌든 시스벨 님은 없었어요. 아마 다른 장소로 옮겨졌을 겁니다. 게다가 최상층에서 기다리고 있었던 것이 그 여자라니······!"

"또 하나 문제가 있잖아. 우리 모습이 노출됐다는 거야."

뒤에서 진이 대꾸했다.

안개의 성령——의태 능력은 속도가 시속 6km를 넘어간 순간 무효화된다.

지금 전력 질주로 계단을 내려가고 있으니, 그 속도는 제한 시속을 훌쩍 뛰어넘었을 것이다.

"이 비밀계단이 지상까지 일직선으로 이어져 있어도, 1층 홀을 가로지를 때에는 우리 모습이 적에게 보일 수밖에 없어. 경비병들이 모여 있는 곳을 강행 돌파할 건가?"

"그, 그건······."

"쉿. 나미, 조용히 해봐."

갈색 머리 시종 시스테어가 심각한 표정으로 머리 위를 쳐다봤다.

바로 위층——평범한 벽이 굉음을 내면서 박살 났다. 그리고 벽 너머에서 검은 그림자가 튀어나왔다.

"친위대입니다! 여타 사병들과는 다른 미젤히비의 측근들이에요!"

"이 비밀통로도 아는 게 당연한가. 이봐, 어쩔래? 이대로 1층까지 뛰어 내려갈까, 아니면 저놈들과 싸울·········· 으음? ······."

진이 눈을 가늘게 떴다.

"뭐야? 저 빛은······."

그가 응시하는 것은 고글 쓴 친위대 세 명——이 아니라, 그들의 뒤에서 언뜻 보이다 말다 하는 기묘하리만치 찬란한 성령광이었다.

서광(曙光).

눈동자를 태울 듯이 강하게 빛나는 빛이 친위대의 등에 딱 달라붙어 있는 것처럼 보였다.

"이봐, 나미, 시스테어. 저 빛은 성령술인가?"

"······저것은."

"응?"

"**위험해요**. 다들 이대로 전속력으로 내려갑시다. 절대로 멈추면 안 돼요!"

나미의 포효.

"저것은 『광휘』의 문장(紋章). 미젤히비의 성령술입니다! 저 친위대는 이미 그녀에게서 힘을 받았어요!"

"······뭐라고?"

"린 님이 말씀하셨잖아요. 미젤히비나 그녀의 호위병과는 절대로 싸우면 안 된다고…… 정면으로 맞붙으면 이길 수 없어요!"

피를 토하는 것처럼 소리를 지르더니, 시종 두 명은 각각 네네와 미스미스의 손을 잡고 뛰기 시작했다.

"하긴, 그런 말을 했었지. 그게 저건가."

한번은 손에 들었던 저격총을 다시 등에 멨다.

며칠 전——미젤히비 왕녀의 성령에 관한 정보도 린에게서 받았다.

"우리도 정보는 거의 없지만……."

"미젤히비 왕녀의 『광휘』는 자신의 성령 에너지를 방사함으로써 타인의 성령을 강화할 수 있다고 해."

태양빛으로 식물이 자라듯이.

순혈종 미젤히비의 성령은 자신의 빛으로 다른 성령을 일시적으로 극한까지 성장시키는 것이 가능하다는 것이다.

"이건 근거 없는 소문이지만…… 어떤 전장에서, 미젤히비가 혼자서 시조의 말예 열 명 수준의 전력을 만들어냈다고 해요."

"뭐라고?!"

"그래서 생긴 별명이 『걸어 다니는 볼텍스』——차기 여왕 후보 중 하나. 분하지만 그 여자의 실력은 진짜 굉장해요."

치직.

뭔가가 터지는 듯한 소리와 빛.

"위험해, 자세 낮춰!"

진의 포효와 동시에———.

빛의 기둥으로 변한 거대한 번개가 날아와서 발밑의 비밀계단
을 확 날려버렸다.

———

네뷸리스 왕궁.

여왕의 개인실 『별들의 마천루』———.

이 황청의 시조인 1세부터 역대 여왕들이 대대로 물려받은 그
방에서.

"앨리스. 진전은 있나요?"

"……아뇨, 어마마마. 시스벨을 찾으러 간 부대에서는 아직 연
락이 없습니다. 무슨 일이 있으면 린을 통해 저에게도 보고가 들
어올 겁니다."

4인용 테이블 앞에.

앨리스는 여왕과 단둘이 앉아 탁상의 자료를 들여다보고 있었
다. 시스벨 탈환 작전을 위해 린이 준비한 것이었다.

이것은 예비 자료다. 정식 자료는 제907부대에게 넘겨줬다.

"역시 린은 유능하군요. 스노 더 선의 구조를 비롯해 히드라 가
문 사병의 장비도 망라했어요. 과도한 정보는 생략하고, 딱 필요

한 것만 잘 골라냈어요.”

“린은 어마마마의 지혜를 빌렸다고 했어요.”

“나는 상담에 응했을 뿐입니다. 나도 모르는 것이 많아요. 예를 들면…… 히드라의 왕녀 미젤히비. 그녀의 성령은 나도 자세히는 모릅니다. 히드라 가문이 좀처럼 외부에 공개하지 않아서요.”

꿈틀.

여왕의 한마디에 앨리스의 한쪽 눈썹이 저절로 쓱 올라갔다.

……맞아. 린도 같은 의견을 내놨어.

……시스벨을 감시하는 것은 미젤히비일지도 모른다고.

단, 과도한 추측은 위험하다.

시스벨이 스노 더 선에 있더라도, 거기서 기다리고 있는 인물에 관해서는 다양한 가능성이 존재한다. 제907부대에게도 그렇게 말해뒀다.

“어마마마, 저 실은 하나 더 신경 쓰이는 것이 있는데요. 아까 회의 중에 보고가 들어왔잖아요.”

“샐린저 말이지요?”

“……네.”

초월의 마인 샐린저는 선대 여왕을 공격한 흉악범이다.

그 남자가 어머니와 슬픈 운명으로 엮인 사이였다는 이야기를 들었을 때에는, 앨리스도 놀라움을 감출 수 없었다.

“그 마인이 왜 히드라 가문의 시설을 공격했는지 모르겠어요. 시스벨과 관계가 있지는 않을 것 같고…… 어마마마, 뭔가 짚이는 게 없으세요?"

"아쉽게도 없습니다. 그 남자가 무슨 생각을 하는 건지……."

앨리스 옆에서 여왕은 힘없이 고개를 옆으로 흔들었다.

"30년 전 그 사건 때문에 결별한 이후로, 나는 지금까지도 그의 마음을 전혀 모르겠어요. 더 이상 친하다고 할 수 있는 사이는 아니게 되었으니까요."

짧은 침묵.

여왕의 입가에 떠오른 것은 희미한 자조의 미소였다.

"제국의 습격도 막지 못했고, 딸은 납치되었고, 오늘 회의에서도 불안해하는 가신들도 제대로 진정시키지 못했습니다. 나는 여왕 실격이에요."

"……! 어마마마, 그렇지 않──."

"비탄에 빠진 것은 아닙니다. 나에게는 자랑스러운 딸이 있으니까요."

"…………."

"다음 여왕이 누가 되느냐에 따라 황청의 미래가 결정될 겁니다. 그런 예감이 들어요."

조아도 히드라도 차기 여왕 자리를 노리고 있을 것이다.

조아가 선택되면 제국과의 전면전.

히드라의 진의는 알 수 없지만, 제국군을 끌어들이고 여왕의 목숨을 노렸을 정도니까 아마도 꽤 커다란 변혁을 일으키려는 것 같았다.

"어머니로서 기도합니다. 앨리스, 절대로 지지 마세요. 당신이 콘클라베에서 지면, 황청은 멸망해버릴지도 모릅니다."

"어마마마. 미래를 걱정하는 것은 저도 마찬가지예요. 하지만……."

테이블 위.

어머니의 손에 앨리스는 자기 손을 살며시 겹쳐 올렸다.

"아직은 어마마마께서 힘을 내주셔야 해요. 전 아직 왕녀로서 꼭 해야 할 일이 남아 있거든요."

"그게 뭔가요?"

"우선 시스벨을 구출하는 거죠. 동생 하나 구해내지 못하는 자가 여왕이 된다는 것은 우스운 일이잖아요?"

자신은 깨닫게 되었다.

여왕의 방에서, 여왕과 일리티아 언니가 사도성의 칼에 베였던 충격——.

그 광경을 보고 격앙된 나머지, 반쯤 이성을 잃고 이스카에게 선전포고를 했던 것——.

그런 것은 두 번 다시 경험하고 싶지 않았다.

이성을 잃어버릴 정도의 분노도 비탄도 이미 충분히 맛봤다.

"제 나름의 선택입니다. 어마마마의 이상과는 다를지도 모르지만요."

제2왕녀가 가는 길은.

곧바로 여왕을 향해 나아가는 것이 아니라, 왕녀로서 어머니와 동생을 지키는 것.

설령──.

그것이 차기 여왕으로 가는 최고의 지름길은 아니라 해도.

……그리고. 당주 탈리스만, 당신은 심각한 계산 착오를 범했어.

……당신은 아직 완전히 파악하지 못했어.

이스카라는 검사를.

이 앨리스리제 루 네뷸리스가 유일하게 「라이벌」이라고 인정한 남자의 실력을, 이 나라는 아직 모른다.

Chapter.6
『찬란한 새벽의 소녀』

the War ends the world /
raises the world

1

스노 더 선, 최상층——.

위화감.

그러고 보니 처음 만난 직후부터 이스카의 가슴속에는 위험한 의문이 자리 잡고 있었다.

……이 왕녀.

……**허점투성이**야. 그냥 우두커니 서 있잖아.

순혈종 미젤히비——.

거대한 창문을 등지고 양팔을 벌린 채, 온몸에서 서광 같은 방대한 성령 에너지를 방출하고 있었다.

단지 그뿐이었다. 그 에너지가 성령술로 전환될 기미가 안 보였다.

"자, 이 세상에서 가장 고귀한 힘을 보여주마."

감청색 머리카락을 크게 휘날리면서 아름다운 소녀가 소리 높여 말했다.

온다.

긴장한 이스카의 눈동자가 포착한 것은, 성령술이 아니라──.

날아 내려온 병사였다.

왕녀를 지키는 친위대처럼 보이는 마스크 쓴 병사가 15층 천장의 구멍을 통해 뛰어 내려온 것이다.

……이 위에서?

……설마, 여기가 최상층이 아니었던 건가?!

숨겨진 층이 있었다.

여기가 최상층이라고 믿어 의심치 않았다. 그런 선입관 때문에, 『반향』의 성령을 가진 시종도 바로 위에 숨어 있는 기척을 눈치채지 못한 것이었다.

"당신을 빛나는 『군대』로 만들어줄게."

무장 병사의 등을 건드리는 미젤히비.

확 하고 뭔가 타오르는 소리가 났다.

그 순간, 미젤히비의 이마에 있는 성문과 완전히 똑같은 상징이 마치 후광처럼 무장 병사를 비추기 시작했다.

"──광휘."

시야가 붉게 물들었다.

친위대의 손에서 발동된 불의 성령이 돌연 커지더니, 거기서 발사된 불덩이가 이스카를 비롯한 서재 전체를 덮쳤다.

수십 개나 되는 책장이 고스란히 숯덩이로 변했고.

폭풍에 휘말린 유리창은 형체도 없이 부서져서 머나먼 지상으로 낙하했다.

"으음, 그럭저럭 괜찮은 위력이네. 3단계 정도 강화된 걸까."

미소 짓는 미젤히비 왕녀.

방을 구별해주는 격벽이 산산조각이 나고, 천장도 바닥도 모조리 탄화되어버린 15층을 천천히 둘러보면서 말했다.

"그런데 힘 조절이 안 되었잖아. 모처럼 강화한 성령도 완벽하게 제어하지 못하면 양날의 칼이 되지 않을까?"

"면목 없습니다. 주군."

마스크로 얼굴을 가린 무장 병사. 그 목소리는 놀랍도록 젊고 가냘픈 여자 목소리였다.

그녀는 자기 손바닥을 가만히 들여다보면서 말을 이었다.

"……이게 정말로, 나의 성령술인가요?"

"기분 좋지? 그래. 너의 성령은 우리 시조의 말예에 버금가는 훌륭한 힘을 손에 넣은 거야."

이마를 가리는 앞머리를 손으로 가볍게 치우는 미젤히비.

거기서 빛나는 광휘의 성문을 자랑스럽게 보여주면서 말했다.

"자, 이제 일어나. 전직 사도성 씨. 언제까지 쓰러진 척할 거야?"

찬란한 새벽의 마녀는 희열과 경멸이 섞인 미소를 지었다.

높이 쌓인 돌무더기를 가리키면서.

"비소와즈가 말했어. 당신을 상대할 거면 절대로 이겼다고 자만하지 말라고. 쓰러진 것을 보고, 숨이 멎은 것을 보고, 심지어 육체가 대여섯 개로 조각난 것을 봐도 아직 살아 있을지도 모른 다고 의심하라고 했어."

"……뜻밖이군."

데구루루 하고 무너지는 돌멩이.

어깨에 쌓인 돌덩이를 확 떨쳐내면서 이스카는 까맣게 탄 바닥 에서 일어났다.

"헉?! 아니, 그렇게 큰 불덩이로——."

"조용히 하렴."

부하를 나무라는 왕녀.

"와. 정말로 살아 있었네? 반신반의해서 한번 시험 삼아 말해 본 건데. 그 보람이 있어서 기뻐. 당신, 혹시 불사신인가?"

"그럴 리가. 사실 지금도 쓰러진 척한 게 아니야."

기침이 터져 나올 것 같은 목구멍에 힘을 줘서 꾹 참았다.

그을음과 연기를 마시는 바람에 목이 엄청나게 아팠다. 앞머리 가 이마에 달라붙었는데, 이마에서 피가 나서 그런 것 같았다.

……방금 그 폭발이 미젤히비의 성령술인가?

……아니야. 옆에 있는 병사의 손에서 발사된 불덩어리였어.

이스카도 방심한 것은 아니었다.

린이 미젤히비의 『광휘』에 관한 이야기도 해줬었는데, 방금 그 한순간에 이스카는 그런 정보를 뇌리에서 싹 지워버렸다.

백지상태에서 시작하자.

이 순혈종의 능력은 린의 정보보다도 훨씬 더 위험한 가능성을 품고 있었다.

……부하의 성령에 힘을 부여한다고?

……웃기지 마. 저건 그렇게 단순한 것이 아니야.

그동안 본 적도 없는 화염의 규모였다.

성령 부대의 성령술사라도 대부분은 기껏해야 제국의 군용차나 불태우는 정도다. 이렇게 수백 제곱미터나 되는 한 층 전체를 초토화하는 능력은 없다.

"내 능력이 뭔지 알아보려는 거니? 전직 사도성인 당신은 성령 지식도 웬만큼 가지고 있을 테지. 하지만 지식이 있으면 있을수록, 상상의 폭이 넓어지면서 갈팡질팡하게 될 거야."

미젤히비의 이마에 있는 성문──.

색깔은 짙은 자주색. 형태는 일그러진 방사형.

제국군이 모은 데이터 중에 저것과 비슷한 것은 하나도 없었다.

"그러니까 계속 고민하다가 사라지렴."

미젤히비의 칙령.

천장 틈새에서 또 한 명. 온몸을 방화복으로 감싼 친위대가 뛰어 내려왔다.

그의 등에도 강하게 빛나는 『광휘』의 성문이 있었다.

"……또 있었어?!"

게다가 이미 힘을 부여받았다.

친위대 두 명이 양팔을 벌림과 동시에, 부웅 하고 귀에 거슬리는 소리가 나면서 수십 개나 되는 발광체가 바닥에 떠올랐다.

"기뢰?!"

지향성 화염탄.

바로 뒤를 제외한 모든 방향으로 화염을 뿌리는 폭탄. 기술을 쓴 성령술사 이외의 모든 것을 태워버리는 섬멸형 성령술이다.

──파열.

폭풍이 이스카의 발밑에 있는 바닥을 뜯어내듯이 파괴했다. 열기에 태워진 천장이 순식간에 녹아내렸다.

그을음과 연기.

숨쉬기도 어려운 고밀도 열파가 미친 듯이 휘몰아쳤다.

"흐음. 너무 힘을 낭비한 걸까? 고작 한 명의 자객을 상대하느라 『군대』를 두 명이나 준비하다니. 좀 과한 대접이었나 봐."

순혈종 미젤히비.

그녀의 좌우에 서 있는 친위대는 아주 평범한 불의 성령술사인데, 광휘의 성령의 힘 덕분에 극도로 힘이 증대된 상태였다.

──그래서 걸어 다니는 볼텍스였다.

미젤히비 왕녀의 총애를 얻은 사람은, 그들 하나하나가 시조의 말예에 버금가는 힘을 가진 『새벽의 군대』가 되는 것이다.

"너희들은 밑으로 내려가. 루 가문의 시종을 붙잡으면, 우리가 이기는──."

"과연 그럴까?"

하얀 칼날이 연기를 베었다.

숨을 들이쉬면 폐가 녹아버릴 것 같은 열파 속에서 이스카는 숨을 멈춘 채 뛰쳐나왔다. 단 한 번의 점프로 부하들 두 명 옆을 지나쳐서 미젤히비의 눈앞에 나타났다.

"……이번에도 버틴 거야?!"

조건은 동등했다.

자신이 미젤히비의 능력을 모르듯이, 미젤히비도 백의 성검의 능력을 모른다. 맨 처음에 베었던 업화(業火)를 발동시켜 기류의 벽을 생성함으로써.

기뢰의 열파를 차단한 것이다——.

"해치운 줄 알았나?"

"……얘들아!"

이스카가 바싹 다가오기 직전에 미젤히비 왕녀가 황급히 바닥을 차고 움직였다.

딱 한 발짝 차이.

부하들의 방해를 받은 이스카의 검이 아슬아슬하게 허공을 갈랐다.

"아깝게 실패했네."

"성공했어."

"?!"

미젤히비의 냉소가 싹 사라졌다.

허공을 가른 줄 알았던 그의 칼끝에 뭔가가 걸려 있었다. 그것은 태양이 모티브인 황금색 장신구——.

"내 귀걸이?!"

"그레고리오 비문이라고 했지?"

그것이 무엇을 의미하는지는 상상도 안 가지만, 이 장신구에는 중대한 비밀이 숨어 있다.

그런 이스카의 직감은——.

미젤히비 왕녀가 격노한 순간, 확신으로 변했다.

……틀림없다.

……이 귀걸이는 뭔가 엄청난 비밀을 가지고 있다!

그래서 왕녀가 직접 가지고 다니면서 샐린저의 습격에 대비한 것이다.

"네 이놈!"

"——거래를 하자."

친위대가 손을 내미는 것보다 더 빨리 이스카는 검은 연기 속으로 몸을 던졌다.

뭉게뭉게 피어나는 연기 속에 숨어서——.

"우리의 요구가 무엇인지 네놈들은 이미 알고 있을 것이다. 기억해둬."

이스카는 전력 질주를 했다.

목표는 지상 1층. 이 건물에서 탈출하는 것이다.

2

첨단 성령 공학 연구소 『스노 더 선』.

일반적으로는———.

성령술로 생겨난 불은 몇 분 만에 저절로 꺼진다. 아무리 맹렬한 불이 잔디밭을 시뻘겋게 뒤덮어도, 그것이 대화재가 될 일은 없다.

그러나.

성령 에너지의 결정체인 『성염』은 다르다. 아무리 시간이 지나도 성령의 힘이 사라지지 않는 한, 이 불은 절대로 꺼지지 않는다.

무적의 불.

"아하, 아하하하하. 진짜 바보구나?!"

보랏빛 불의 돔———.

성염으로 생성된 「결코 사라지지 않는」 결계 안에서, 인간이 아닌 자의 요염한 웃음소리가 간드러지게 울려 퍼졌다.

"그런 기술은 나한테는 하나도 안 통해. 내가 말했잖아?!"

맹렬한 회오리 같은 선풍. 제국의 전차도 산산조각 내는 공기의 칼날 공격이 퍼부어지는 가운데, 소녀처럼 생긴 그림자가 거기서 튀어나왔다.

마녀 비소와즈.

바람의 칼날이 옆구리를 베든 목을 베든 간에, 유리같이 반투명한 그 육체에서는 피 한 방울도 나오지 않았다.

"자~ 홀랑 타버려라!"

보랏빛 불덩어리를 휙 던졌다.

닿기만 하면 활활 타올라서 대상이 숯덩이로 변할 때까지 꺼지지 않는, 이 세상에서 가장 무서운 화염탄이 이쪽으로 날아왔다.

"우습군."

이에 대응하는 초월의 마인 샐린저.

"그 불을 사역한 것이 그렇게 기쁘더냐?"

백발 미장부는 한 발짝도 움직이지 않았다. 단지 바닥을 밟는 발끝에 힘을 줬을 뿐.

쿠웅!

땅울림과 더불어 대지가 불룩 솟아나더니 흙의 골렘이 등장했다. 샐린저 대신 성염을 받아낼 방패로서.

"추잡한 불을 이쪽으로 보내지 마라. 더러워."

타오르는 골렘이 움직이기 시작했다.

성염에 의해 불타면서도 마녀를 향해 거대한 주먹을 높이 들어올렸다. 그러나.

"성가시네."

비소와즈가 아무렇게나 팔을 휘두르자, 흙의 골렘은 소멸했다.

흙의 융해 온도는 약 1,000도.

골렘을 형성하는 흙덩이가 성염의 열을 이겨내지 못하고 마그마가 되어 녹아버린 것이다.

"멋지지? 이 불."

비소와즈가 손바닥을 이쪽으로 내밀었다.

그곳에 생긴 불꽃은 마치 보라색 꽃이 핀 것처럼 아름다웠다.

"성령술사는 이 불을 만들어내지 못해. 시조의 말예인 왕족도, 아무리 강력한 성령술사라도 불가능해."

"…………."

"숙명인 거야. 한낱 성령술사가, 성령과 융합한 『마녀』를 이긴다는 것은 불가능해."

보라색 꽃잎이 흩날렸다.

성염이 공중분해 되더니 수백 개나 되는 광선으로 변해 쏟아졌다. 하나라도 스치면 즉시 불이 붙는다. 일단 발화되면, 그 대단한 샐린저도 불을 끌 수단은 없다.

"멍청이가 딱 하나 배운 기술만 믿고 날뛰는구나."

샐린저의 주위에 얼음 방패가 나타났다.

열두 개의 푸른 장갑이 잇따라 보랏빛 광선을 받아냈다. 강력한 에너지가 정면으로 부딪쳐 상쇄되더니──.

……치이익.

녹는 소리. 그 직후, 맑은 소리를 내면서 열두 개의 방패가 일제히 부서졌다.

"쳇."

샐린저가 움직였다.

아니, 움직이게 했다.

그는 강인한 각력으로 대지를 박차고 옆으로 도약했다. 그 뺨에서 겨우 몇 밀리미터 떨어진 공간을, 방패를 관통한 광선이 스치고 지나갔다.

"이제야 알겠어? 나와 너의 차이."

뛰어서 물러나는 백발 마인. 그걸 본 비소와즈가 초승달같이 눈을 가늘게 떴다.

상대를 우롱하는 듯한 말투였다.

"네 『수경(水鏡)』의 능력은 이미 잘 알아. 100개가 넘는 성령의 힘을 빼앗아서 왕가까지 두려움에 떨게 했지만, 실은 오리지널의 50%까지만 빼앗을 수 있지. 요컨대 실속 없이 숫자만 많은 거잖아?"

"…………."

"그런 것으로는——."

"됐다, 그만 떠들어라. 네 멍청함이 전염된다."

질렸다.

그렇게 말하고픈 것처럼 백발 미장부가 한숨을 내쉬었다.

"사려도, 예법도, 심리전도 없고. 무엇보다도 기품이 없어. 당주 탈리스만이 있으면 다소 괜찮을지도 모른다고 생각했건만, 상대가 이런 하녀여서야……."

거리는 20m.

서로의 목소리가 간신히 닿을 듯 말 듯 한 거리에서, 샐린저는 인간이 아닌 소녀를 향해 그렇게 고했다.

"30년 전의 괴물과 네놈이 완전히 동질의 존재인지 확인해봤을 뿐이다. 실력 차이라고? 애초에 나는 실력이라고 할 만한 것을 전혀 보여주지 않았다."

"후후, 재미있는 말을 하네."

마녀의 손에 생겨난 성령광.

보라색 빛이 아니었다. 오히려 이것이야말로 마녀의 진짜━━.

"안 그래도 성에 안 찼는데. 단순히 성염으로 까맣게 태워버리고 끝내는 건 재미없잖아? 넌 나의 『마탄』으로 뭉개버릴 거야."

"시시하군."

샐린저가 고개를 뚝뚝 꺾었다.

지면에 굴러다니는 돌멩이를 내려다보는 것처럼 몹시 냉담한 눈빛이었다.

"이 무대는━━━━."

그 순간, 굉음이 스노 더 선 건물에서 울려 퍼졌다.

벽이 무너지고 유리창이 박살 났다.

고막을 찌르는 그 파괴의 소음은 이 두 사람을 감싼 성염의 돔까지도 도달했다.

"최상층인가?"

"미젤히비, 이 상황에서 뭐 하는 거야?!"

미간을 찌푸리는 샐린저.

한편 마녀는 입술을 꽉 깨물더니, 방금 대폭발이 일어난 건물 최상층을 노려봤다.

"……설마 제국 부대인가? 이런 때에——."

"지폭(地爆)의 성령이여."

마인의 손바닥에 떠오른 성령광.

스노 더 선에 정신이 팔린 한순간. 그것이 마녀 비소와즈의 실수였다.

"눈을 떠라. 그대의 분노로 하늘을 찔러라."

지반이 뒤집어졌다.

그것은 지표면이 아니라, 저 멀리 땅속의 지반에서 발생한 별의 태동.

노면의 자동차가 탁구공처럼 튀어 오를 듯한 기세로 흙모래가 분출되더니, 마녀를 성염 바깥쪽으로 튕겨냈다.

"크윽?!"

성염의 결계를 뚫고 날아가 스노 더 선 3층 외벽에 쾅 부딪친 비소와즈.

이 육체는 다치지 않는다.

그러나 결계의 주체가 결계 밖으로 나가자, 성염의 돔의 불길이 순식간에 약해지더니 이윽고 사라졌다.

"뭐, 이런 거지. 성염을 제압할 방법은 얼마든지 있어."

"……네 이놈, 그냥 가게 놔둘 것 같으냐!"

"꼴사납군. 짖는 재주밖에 없는 괴물 주제에."

벽에 푹 파묻힌 마녀가 어떻게든 빠져나오려고 애쓰는데도 샐린저는 전혀 아랑곳하지 않고 건물의 정문을 향해 걸어갔다.

경비병은 없었다.

지폭의 성령에 의해 모조리 날아가, 이 부지에서 자력으로 서 있는 사병은 한 명도 없었다.

"그런데 묘하군. 그레고리오 비문은 최상층에 있는 탈리스만의 개인실에 있을 텐데."

좀 전의 대폭발.

최상층의 벽이 안쪽에서부터 터져나가, 지금도 돌조각이 후드득 떨어지고 있었다. 그 광경에 마인은 약간 낮아진 목소리로 중얼거렸다.

"누구냐. 나보다 먼저 침입한 녀석이 있단 말인가?"

———

스노 더 선, 15층.

자욱한 검은 연기를 헤치고 비밀계단으로 향했다.

거기서 이스카가 본 것은 길게 이어진 나선계단——의 기둥이 뚝 부러지고 불타서 파괴돼버린 광경이었다.

겨우 몇 분 전에 이 계단을 이용해 올라왔는데.

"이럴 수가……. 무슨 일이 있었던 거지?"

반파된 계단으로 뛰어 들어갔다.

계단을 한 발 내려갈 때마다 끼익하고 금속이 삐걱거리면서 계단 자체가 심하게 흔들렸다. 언제 무너져도 이상하지 않을 정도였다.

……아까 그 방에 있었던 친위대의 화염은 아니야. 또 다른 성령술이다.

……그렇다면 미스미스 대장님 일행이 공격당한 건가?!

그들은 무사한 걸까? 무사히 잘 도망쳤을까, 아니면──.

자박.

이스카의 신발이 새하얀 눈의 융단을 밟은 것은 바로 그때였다.

눈? 여기는 고층 빌딩 내부인데?

"이것도 성령술이구나!"

허둥지둥 눈의 융단을 뛰어넘었다.

그런 이스카를 뒤쫓는 것처럼, 수북이 쌓여 있는 눈에서 「눈 병사」가 튀어나왔다. 강철 창으로 착각할 만큼 날카로운 눈 장창이 이스카의 등을 향해 날아왔다.

"눈 골렘인가?"

등을 꿰뚫는 창.

그 직전에 이스카는 뒤로 돌면서 성검으로 창의 끝부분을 튕겨냈다.

"호오. 아직 도망치지 못하고 남아 있는 제국 병사가 있었구나. 너는…….."

저 아래──.

계단을 뛰어 내려가는 이스카를 환영하는 것처럼, 새빨간 옷을 입은 노파가 양팔을 벌리고 있었다.

"전직 사도성, 이스카라고 했던가?"

"……그뤼겔?!"

탈리스만의 측근 중 하나.

제국 사령부가 만든 마녀 명부에도 등재된 거물. 이 노파가 루 가문의 별장을 습격했다는 것은 진을 통해서도 들었었다.

……이런 거물과 하필이면 이 타이밍에 마주치다니!

……웃기지 마. 적의 거점 한복판에서 싸우고 있을 시간은 없다고.

현재 목표는 섬멸이 아니라 탈출이다.

시스벨이 없다는 사실이 밝혀진 이상, 이 건물에서 탈출하는 것만이 사명이었다.

"꼬마야. 동료가 어찌 되었는지 궁금한가?"

"관심 없어."

계단을 뛰어 내려가는 이스카.

그 앞에서 기다리는 노파의 발밑에서 눈이 뛰어 올랐다. 그것이 마치 살아 있는 것처럼 계단의 기둥에 달라붙었고——.

삐걱.

계단 손잡이와 기둥이 순식간에 비틀리기 시작했다.

"무너뜨릴 셈이냐?!"

"그게 가장 간편하잖나."

계단이 붕괴됐다.

굉음과 더불어 나선계단이 산산이 부서지더니 돌조각으로 변해 수십 미터 아래의 지상으로 폭포처럼 쏟아져 내렸다.

"……젠장!"

발판 붕괴.

이스카는 칼을 못처럼 벽에다 박아 넣어서 간신히 낙하를 멈췄다.

"벽에 들러붙었나? 그래, 그것도 예상했다."

스윽…… 하고 뭔가 거대한 것이 꿈틀거리는 기척이 느껴졌다.

머리 위를 쳐다본 이스카. 그러자 벽면을 기어가는 거대한 눈 뱀이 이스카를 향해 천천히 머리를 쳐들었다.

그 뱀의 머리 위에 서 있는 그뤼겔이 이쪽을 내려다봤다.

"아마 꼼짝도 못 할 테지. 한동안 그 모습을 감상하고 싶다만, 나는 네놈의 동료에게 원한이 있거든. 어서 그쪽을 처리하러 가고 싶구먼."

거대한 눈 뱀이 아가리를 벌렸다.

얼굴이 찢어지도록 크게 양옆으로 벌린 그 구강 안쪽에서 통나무같이 굵은 장창이 점점 튀어나왔다.

"꿰뚫어라."

"……윽!"

포탄같이 발사된 장창.

벽에 달라붙은 이스카로선 반격할 수단이 없었다. 성검은 여전히 벽에 꽂혀 있었고. 그래서──이스카는 성검을 쥔 채 벽을 박

찼다.

장창이 벽을 뚫었을 때는 이미 이스카는 그곳에 없었다.

공중에.

난간도 바닥도 아무것도 없는, 수십 미터 아래로 추락할 수밖에 없는 허공에 있었다.

"낙하? 자살하려는 게냐!"

"웃기지 마."

중력에 의해 그대로 낙하했다.

그런 이스카의 낙하가 돌연 중단됐다. 둔탁한 금속음과 함께.

──조명등.

벽에 설치되어 있던, 유일하게 착지 가능한「발판」위에서.

"크으으웃?! 병사들이여!"

거대한 눈 뱀이 공중분열.

수십 개나 되는 인간 크기의 병사들로 분열되더니, 그것들이 발판을 얻은 이스카를 향해 무수한 장창을 던졌다.

그러나. 이스카의 선택은 그보다 훨씬 빨랐다.

"하앗!"

날카로운 기합 소리를 내면서 벽을 베었다.

금속 벽에 커다란 구멍이 뚫렸다. 그 너머에 있는 것은 비밀문. 겉 부분은 금속판으로 덮여 있었지만, 실은 이 나선계단에서 건물 안으로 돌아가기 위한 입구였다.

"이런 곳에 조명이 있잖아. 그럼 당연히 근처에 비밀문이 있겠지."

"크윽…… 사도성, 네 이놈!"

"전장에서 만나면 상대해줄게."

비밀문을 통해 스노 더 선 건물 내부로.

이스카가 들어간 곳은 8층.

2층부터 14층까지는 거의 비슷한 구조. 성령 연구소답게 대부분 실험실로 구획 지어진 연구용 공간이었다.

……지상까지는 일곱 층.

……여기서부터 문제였다. 어떻게 지상으로 가야 하나?

그뤼겔을 따돌리긴 했어도 상황은 전혀 호전되지 않았다.

『침입자 한 명. 8층 통로를 배회 중.』

『연구원은 대피하십시오. 즉시 경비원이 진압하러 갑니다.』

"제기랄, 역시 감시 카메라가 있구나!"

긴급 방송을 들은 이스카는 혀를 차고 또다시 뛰기 시작했다. 아래로 가는 경로는 둘 중 하나. 엘리베이터 또는 일반 계단이다.

엘리베이터는?

무모한 짓이다. 문이 열리자마자 그 안에서 기다리던 사병들이 총을 난사할 것이다.

"……결국 또 계단인가."

중앙계단으로 향했다.

좁은 나선계단과는 달리 이곳은 수십 명이 일제히 뛰어갈 수 있을 정도로 넓었다. 그런데 그곳에서는 아무도 눈에 띄지 않았다.

……아무도 없나? 아니, 그럴 리가.

……수십 명이나 되는 경비원이 지하에서 대기하고 있었잖아.

연구원이 없는 것은 이해한다. 방에 숨어 있을 테니까. 그러나 경비원은? 이렇게 커다란 중앙계단에 감시인을 보내지 않을 리 없었다.

8층에서 7층으로.

7층에서 6층으로.

5층까지 왔는데도 경비원은 한 명도 보지 못했다. 대체 왜?

마인 샐린저가 쳐들어왔다는 것이 사실이라면, 사병의 주요 전력은 그쪽으로 간 건가?

아니다.

"……그놈들은 이것을 되찾고 싶어 할 거야."

이스카의 품속에는 귀걸이가 있었다. 미젤히비 왕녀가 『그레고리오 비문』이라고 했던 것.

온 힘을 다해 되찾으러 올 것이다.

그렇다면, 사병이 눈에 띄지 않는 것은, 이 계단으로 집결하는 것이 늦어졌기 때문인가?

아니면 이미 집결했는데————.

"아군의 공격에 휘말리지 않으려고, 접근하지 않는 거겠지!"

결단.

이대로 계단을 따라 내려가는 길은 깨끗이 포기한다. 이스카가 선택한 것은 일부러 중앙계단에서 건물 통로로 돌아갔다.

병사와 마주칠 위험을 각오하고, 계단을 떠나 통로로 돌아갔는데――.

그 직후.

등 뒤에서 벼락이 떨어진 것처럼 엄청난 파열음이 울려 퍼졌다.

짝짝짝.

조촐한 박수 소리가 넓은 십자로에 들려왔다.

"딱 2초."

이어서 들리는 구두 소리.

십자로 저쪽에서 기품 있는 소녀의 목소리가 들렸다.

"딱 2초만 더. 그 중앙계단에 머물러 있었으면 해치웠을 텐데."

"…………."

"만만하게 봤어. 비소와즈의 조언을 받아들여 방심하지 않았는데, 그게 실수였어. 방심하지 않는 정도로는 부족했던 거야."

통로에서 이쪽으로 다가오는 것은 찬란하게 빛나는 샛별 같은 빛.

그야말로 태양의 혈통에 어울리는 순혈종――.

"너, 그건……."

"아, 이거? 난 화가 나면 이렇게 돼."

새벽의 소녀 미젤히비.

아름다운 소녀에게 일어나고 있는 격변 때문에 이스카는 말문이 막혀버렸다.

선명한 감청색 긴 머리카락이, 온몸에서 피어오르는 성령 에너지의 영향으로 뱀처럼 꿈틀꿈틀 움직이고 있었다.

마치 머리카락이 뱀으로 된 전설의 괴물 『메두사(석안[石眼]의 여신)』 같았다.

"훔쳐 간 귀걸이. 돌려줄래?"

"협상하자는 건가?"

"아니."

당주 탈리스만과도 비슷하게 부드러운, 귀한 아가씨다운 온화한 미소를 짓더니——.

그 모습이 사라졌다.

"엉망진창이 된 너한테서 억지로 빼앗으면 되는 거지!"

파열하는 듯한 발소리.

순혈종 미젤히비가 확 다가왔다. 이스카의 옷이 풍압에 의해 휘날릴 정도의 순발력으로.

"광휘 『태양신의 인도(引導)』."

"그런 성령이구나!"

범상치 않은 순발력.

베일에 싸여 있던 미젤히비의 성령을 이스카는 드디어 이해했다.

．

……성령 에너지를 부여하는 성령이 **아니었어!**

……힘을 부여한 자를 『조종하는』 것이 진짜 능력이다!

힘을 주는 대신에 복종시킨다.

성령술사를 강화하는 대신, 어느 정도 세뇌하는 것이 가능한 것이리라.

그리고 지금, 미젤히비는 자기 자신의 전투를 성령에게 맡긴 것이 분명했다. 그 대신 강력한 신체능력을 얻은 것이다.

그러나.

"자, 이제——."

"그래도 느려."

소녀의 움직임이 멈췄다.

낙하하면서 내리친 그녀의 오른쪽 팔꿈치를, 이스카가 칼자루 끄트머리로 바로 옆에서 받아쳤다.

"으으으으으읏?!"

"사도성을 너무 얕봤군."

"……하나부터 열까지 다 거슬려. 손가락 하나라도 닿았으면 기절시킬 수 있었는데!"

부어오른 팔꿈치를 감싸면서 미젤히비가 훌쩍 뛰어 후퇴했다.

이스카가 추격으로 넘어가려고 했는데.

"규마(叫魔), 포효해라."

미젤히비의 칙명.

——온[怨]!

귓가에서 징이 울리는 듯한 충격. 이스카는 그 자리에 멈춰 섰다.

바람이 아니었다.

"으으윽…… **소리**……인가……?"

맹렬한 구역질과 현기증이 느껴졌다. 토혈할 듯한 기세로 침이 울컥 솟구쳤다.

반고리관을 흔드는 음파.

너무 큰「소리」를 들은 인간은 평형감각을 잃고, 제자리에 서 있지도 못하고 기절해버린다. 제국군에도 음향병기라고 불리는 병기가 있는데, 이건 그것의 상위호환이었다.

미젤히비의 광휘에 의해 강화된 성령술이니 그것도 당연했다.

"영광인 줄 알아라. 제국 병사."

왕녀의 처참한 미소.

퉁퉁 부은 팔꿈치의 격통 때문에 식은땀을 흘리면서, 감청색 머리카락의 마녀는 소름 끼칠 정도로 눈을 크게 부릅뜨고 있었다.

"나의 군대를 집결시켰어. 일개 병사를 해치우는 데 이렇게까지 애쓰게 만들다니. ——자, 포효해라!"

통로 맨 안쪽. 광휘의 힘을 얻어 강력해진 친위대가 튀어나왔다.

그리고 포효했다.

쨍강.

규마의 성령이 만들어낸 포효에 통로의 유리창이 차례차례 깨졌다.

문제는「소리」의 성질이었다. 건물의 온갖 벽과 천장에 부딪혀

난반사하기 때문에 성검으로도 베기가 몹시 어려웠다.

"……젠장!"

평형감각이 이상해져서 마음껏 달릴 수도 없었다. 이스카는 네 발로 기다시피 하면서 바닥을 박차고 눈앞에 있는 방으로 뛰어들어갔다.

이곳은 성령 연구소다.

실험실도 완전 기밀이므로, 문을 닫으면 소리는 차단된다.

……소리에서 도망치려면 이 방법밖에 없다.

……하지만 이로써 나는 밀실에 갇혀버렸다.

문 너머에는 미젤히비와 그녀의 군대가 있다. 당장이라도 문을 열고 우르르 쏟아져 들어올 것이다.

이스카는 그렇게 각오했는데.

왼쪽 벽 너머에서 우지직하고 기괴한 소리가 들려왔다.

"이번엔 폭파냐?!"

두꺼운 벽이 시뻘겋게 부풀어 올랐다.

폭염(爆炎)──.

옆방에서 일어난 대폭발이 벽을 박살 내면서 그 옆의 이스카를 향해 밀려왔다. 폭풍으로 가속된 벽의 파편이 기관총 총알처럼 어깨에 푹 박혔다.

"윽……."

"아직 멀었어. 내 군대의 힘은 이 정도가 아니야."

실험실과 실험실 사이의 칸막이벽이 부서지더니, 그 분진 너머에서 군대 다섯 명을 거느린 순혈종 미젤히비가 안으로 뛰어 들어왔다.

"업화여!"

눈앞을 새빨갛게 물들이는 불의 해일.

하지만 그것은 이스카가 최상층에서 본 성령술이었다. 불이 도달하는 것보다 더 빠르게 흑의 성검으로 허공을 베었다.

그리고, 파열.

불의 해일이 이스카를 기점으로 정확히 둘로 갈라져서 실험실 바닥과 벽을 태웠다.

"죽을 뻔했으니까. 그 업화는 기억하는 게 당연하지."

백의 성검을 거꾸로 쥐었다.

허공을 세로로 베듯이 이스카는 왼손의 검을 치켜들었다.

──별의 해방.

흑의 칼날이 절단한 업화를 「해방」. 방을 빨갛게 물들이는 해일이 미젤히비와 그 군대를 향해 발사됐다.

완벽한 재현.

성령술이 강력할수록, 백의 성검으로 해방하는 성령술도 강력해진다.

"──눈에 거슬려."

화염 속에서 새벽의 성령광이 번쩍거렸다.

"『폭풍』이여, 후려쳐라!"

이 별에서 가장 커다란 『천재지변 에너지』.

그것은 번개도 분화도 지진도 아닌 거대 폭풍. 그 폭풍이 미젤히비를 지키는 방패가 되어 업화를 순식간에 없애버렸다.

거리를 좁히려고 했던 이스카도 폭풍에 떠밀려 뒤쪽의 벽에 쾅 부딪혔다.

"바람 장벽…… 방어용 부하까지 완비하셨군."

"이 하찮은 졸병이! 애먹이지 마라. 네가 빼앗아간 그 귀걸이 하나 때문에, 도대체 내가 능력을 얼마나 써야 하는 거지……?!"

머리카락이 곤두선 마녀가 가까이 다가왔다.

눈매도 말투도 완전히 딴사람 같았다. 온화하게 쏟아지는 봄 햇살 같았던 그 모습이 이제는 초목을 말라 죽게 만드는 사막의 불볕처럼 공격적으로 변했다.

"당장 죽어."

"거절한다."

벌떡 일어나서 찢어진 입술을 손등으로 문질렀다.

……이 왕녀.

……진짜로 장난 아니게 강하다.

너무 빠르다.

순혈종 한 명이 다섯 개의 성령술을 사용하는 것보다는, 다섯 명의 순혈종이 하나씩 성령술을 사용하는 것이 훨씬 더 빠르다 ──미젤히비의 『새벽의 군대』의 진가는 바로 거기에 있었다.

제국군의 관점에서 말하자면.

미젤히비의 위험도는 기껏해야 「요주의」.

그러나 『군대』가 더해지면, 순혈종 미젤히비는 틀림없이 네뷸리스 황청 내에서도 최강 아닌 최대 전력 중 하나로 꼽힐 것이다.

"사령부에 보고할 것이 하나 더 늘었군. 살아 돌아갔을 때의 이야기지만."

점점 다가오는 여섯 명을 하나하나 노려봤다.

미젤히비 왕녀, 그리고 그 옆을 지키는 다섯 명의 부하들.

"전력으로 해치워. 최악의 경우에는 귀걸이를 부숴도 돼. 저 남자를 흔적 없이 소멸시켜야 해."

감청색 머리카락의 소녀가 오른팔을 힘차게 내리면서——.

"해치워!"

모든 것이 동시에 이루어졌다.

미젤히비의 칙명과 『새벽의 군대』 다섯 명의 온 힘을 다한 성령술.

이스카의 반응.

그리고——.

그들 사이에서, 대기가 파열했다.

벼락을 동반한 회오리바람이 돌연 불어닥치더니. 이 층 전체의 벽들을 모조리 꿰뚫고 쓰러뜨렸다.

"······앗?!"

"이, 이게 뭐야?!"

이스카와 미젤히비가 동시에 그쪽을 돌아봤다.

치직 하고 강렬한 소리를 내면서 번개가 층 전체를 휩쓸었고, 미친 듯이 부는 바람이 바닥에 쌓인 모래와 돌조각을 휘감아 올렸다.

눈앞이 모래 빛깔로 변했다. 몇 미터 앞도 제대로 보이지 않았다.

……미젤히비의 부하가 아니다. 대체 무슨 일이 일어난 거지?

……아냐, 망설이지 마. 생각할 시간은 없어!

지독하게 짙은 먼지구름을 가르면서 이스카는 바닥을 박차고 달려갔다.

이곳은 전장이 아니다.

건물을 탈출하는 것이 최우선.

미젤히비 왕녀를 등지고 달렸다. 겨우 몇 초 만에 방에서 뛰쳐나와, 휘몰아치는 회오리바람에 등 떠밀리듯이 통로를 따라 뛰다가—.

자욱한 풍진 속에서 이스카는 「누군가」와 스쳐 지나갔다.

"으음?"

"……어?"

둘 다 뒤를 돌아봤지만, 휘날리는 먼지 속에서 서로의 실루엣만 어렴풋이 보였을 뿐이다.

연구원?

미젤히비의 부하?

그「누군가」를 확인하지도 못한 채, 이스카는 비상계단 쪽으로
뛰어갔다.

━━━━━━

스노 더 선, 중앙계단 4층——.

"이…… 한물간 마인이, 언제까지 건방 떨려는 거야?!"

"응? 아, 누구인가 했더니. 너였냐."

저 멀리 아래층에서 소리 지르는 마녀를 내려다보면서 샐린저
는 차갑게 웃었다.

눈매가 사나운 빨간 머리 소녀. 외투 옷자락 아래로 하얀 허벅
지가 드러나 있었다. 아마도 외투 밑에는 아무것도 안 입었을 것
이다.

본 적 없는 얼굴이었다.

그러나 목소리는 들어본 적이 있었다.

"하하, 우습구나. 허둥지둥 인간 형태로 돌아간 거냐? 이 건물의
연구원에게는 네놈의 추한 모습을 보여주고 싶지 않은가 보군."

"입 다물고 거기 가만히 있어. 당장 쫓아갈 테니까!"

"그게 불경하다는 거다."

맹렬한 기세로 계단을 뛰어 올라오는 마녀 비소와즈. 샐린저는
기다려주지 않고 오른손을 들었다. 거기서 성령광이 빛나기 시작

했다.

"네 얼굴은 이제 지겹다."

수경의 성령.

그것은 빼앗은 성령을 더욱 고차원적인 단계로 끌어올리는 『양기(揚棄)』의 힘.

——바람과 번개의 상투스.

대기가, 뒤틀렸다.

치직 하고 귀에 거슬리는 소리를 내면서 번개 폭풍이 마구 휘몰아쳤다. 그것은 비소와즈가 서 있는 바닥과 벽을 순식간에 뜯어내 휘감아 올렸다.

"크읏?!"

바람과 번개.

두 종류의 성령을 합친 미지의 성령술은 마녀의 순간적인 판단조차 허용하지 않았다. 바람이 그녀의 움직임을 봉하고, 번개가 온몸을 꿰뚫었다.

"사라져라."

"……너………… 반드시…… 가르쳐줄…… 진짜 마녀의……무서움을!"

창밖으로 낙하하는 마녀.

그리고 『번개를 거느린 폭풍』은 멈추지 않았다. 5층에 있는 격벽도 차례차례 부수고, 히드라의 사병들을 번개로 하나하나 쓰러뜨렸다.

바닥이었던 것이 어느새 흙먼지로 변했고——.

"지금 그걸 저주랍시고 한 거냐?"

샐린저는 마녀의 한마디에 코웃음을 치고 5층으로 올라갔다.

자욱한 흙먼지.

그런데 몇 걸음 걷기도 전에 연기 너머에서 작은 기척이 다가왔다.

누구지?

무섭도록 민첩했다.

샐린저가 기척을 느끼고 고개를 돌렸을 때는 벌써 눈앞까지 다가와서——.

그 누군가는 한 줄기 바람처럼 스쳐 지나갔다.

풍진 속에서 보인 것은 어렴풋한 실루엣.

샐린저로선 그게 누구인지 생각해볼 마음은 없었다. 사병이 다가온다면 용서치 않을 테지만, 지나가는 사람을 굳이 쫓아가는 것은 그의 미학에 어긋났다.

게다가——.

이 건물에서 가장 유쾌한 적이 지금 그의 눈앞에 있었다.

"감청색 머리카락…… 그래, 들어본 적은 있어."

연기 속에서 나타난 소녀를 힐끗 본 샐린저는 입꼬리를 끌어 올렸다.

냉소와 조소.

"미젤히비 히드라 네뷸리스 9세. 히드라의 차기 당주인가."

"……초대받지 않은 손님이 또 하나 있네."

환하게 빛나는 이마의 성문을 보여주려는 듯이, 성숙한 소녀가 길쭉한 손가락으로 앞머리를 쓸었다.

"당신이 누구인지는 묻지 않을게. 처음 만났지만, 숙부님께 이야기는 많이 들었거든. 오레르간에서 대체 어디로 사라졌나 했더니."

"흐음?"

"목적은 그레고리오 비문인가? 미안하지만 여기에는 없다. 그렇게 말하면 어쩔래?"

히드라의 당주 대리인 미젤히비가 자신의 귀를 건드렸다.

"빼앗겼어. 당신보다 한발 먼저 온 녀석에게."

"……뭐라고?"

"되찾기 일보 직전이었는데. 좀 전에 그것은 당신의 성령술이야? 그건 정말 최악의 방해였어."

"아하, 그래. 그렇다면──."

빼어난 미모를 지닌 남자가 입꼬리를 끌어 올렸다.

"내 말을 정정하마. 진짜 비문을 내놔."

"?!"

"괴물(피험자)을 낳는 히드라의 실험. 그 기록을 담은 비문을 빼앗겼다고? 잠꼬대하지 마라. 그것은 기껏해야 단편만 기록해

놓은 복제품일 테지. 내가 원하는 것은 원본이다."

입술을 깨무는 소녀. 그 모습을 내려다보는 남자.

미젤히비도 소녀치고는 모델 뺨치게 키가 컸지만, 이 마인 샐린저는 그보다 머리 하나는 더 컸다.

"…………"

소녀가 고개를 숙이더니 말없이 주먹을 꽉 쥐었다.

이어서.

"이놈도 저놈도 전부 다, 나를 화나게 만들려고 작정을 했구나!"

빛이 폭발했다.

미젤히비 왕녀의 전신에서 피어오르는 볼텍스 같은 빛. 그 영향으로 감청색 머리카락이 크게 출렁거렸다.

"마인아, 참으로 미련도 많구나! 인제 와서 현세로 기어 올라와 봤자 너는 고작 마인일 뿐이야. 왕의 혈통 앞에서는 안개처럼 덧없는 존재란 것을 가르쳐주마!"

"들을 가치도 없는 말이군."

백발 미장부는 진심으로 어이없어하는 한숨으로 답했다.

"『품격은 혈통에 있는 것이 아니라 이념에 깃드는 것이다』── 타고난 성령의 능력을 자만하면서, 자신을 발전시키려는 마음은 잃어버린 자들. 그래, 그게 왕족이란 말이냐?"

"입만 살았구나."

"그대로 돌려주마. **고작 왕족 주제에**, 감히 나에게 건방진 소리 하지 마라."

초월의 마인 샐린저.

그 「초월」은 바로 「왕족을 초월하겠다」는 야망의 표시였다.

——유일하게.

——그가 유일하게 「대등함」을 허락한 것은 30년 전의 소녀 밀라밖에 없었다.

그 외의 모든 것이.

이 백발 사나이에게는 아무래도 좋은 하등 존재였다.

"원본은 최상층에 있나."

"가게 놔둘 것 같아? 너는 여기서 끝이야!"

왕녀가 포효했고——.

스노 더 선을 뒤흔드는 막대한 성령 에너지가 깨진 유리창을 통해 터져 나왔다.

3

네뷸리스 황청, 중앙주 교외——.

성령 연구소 『스노 더 선』은 지금도 맹렬한 연기에 휩싸여 있었다. 그 부지를 둘러싼 철책 주위에는 이 소동을 눈치챈 사람들이 수백 명이나 모여 있었다.

현장으로 가까이 가려는 구경꾼들과 기자들.

그리고 사태 진압을 하러 온 경비대. 게다가 히드라의 거점에서 발생한 파괴 행위를 조사하러 온 조아의 자객도 있었다——.

"현지에 도착했습니다."

『어떠냐? 샤놀로테.』

"음…… 이건 안 되겠어요~. 스노 더 선 건물이 불타고 있다는 것밖에 모르겠습니다. 특히 심각한 것이 최상층, 그리고 5층인 것 같네요. 모든 창문에서 검은 연기가 분출되고 있는데, 거기서 무슨 일이 일어나고 있는지는 전혀 모르겠어요~."

『마인은?』

"코빼기도 안 보입니다. 그리고 주위의 구경꾼들과 기자들이 너무 시끄러워서, 경비대가 무슨 이야기를 하는지도 전혀 알 수가 없어요."

한마디로 속수무책입니다.

그러면서 통신기를 든 채 쓴웃음을 지은 것은 민중 속에 숨어든 금발 여성이었다.

샤놀로테 그레고리.

전직 제국군 기구 Ⅲ사 소속 대장——으로서 제국군에 숨어 있었던 조아 가문의 첩보원이었다. 뮈드르 협곡에서 정체를 들키자 황청으로 귀환해 지금 여기 있는 것이었다.

『히드라의 간부는? 당주 대리인 미젤히비의 상태는 어떤가?』

"그것도 모르겠어요~."

곱슬곱슬한 금빛 머리카락을 손가락에 빙글빙글 감으면서 말했다.

"그 마인이 건물 안으로 쳐들어갔다는 목격담도 있으니까요.

지금쯤 미젤히비와 화려하게 불꽃 튀기며 싸우고 있을지도 몰라요."

『그건 귀중한 전투 영상이군.』

"어휴, 안 돼요, 못 해요~. 애초에 건물로 들어가지도 못하고, 침입에 성공하더라도 저처럼 약소한 인간이 가까이 다가갈 수 있는 상대가 아니잖아요~."

하나는 시조의 말예.

나머지 하나는 선대 여왕을 습격한 마인.

그 싸움에 휘말리는 것은 샤놀로테로선 원하는 바가 아니었다.

"그래서 저는 철수를 제안하고 싶은데요?"

『포기가 빠르군.』

"전략적 후퇴입니다. 여기서 구경꾼들 틈에 섞여 있어도 소득이 없을 것 같아요. 그럼 현장에서의 보고를 마칩니다."

통신기를 품속에 집어넣고 빙글 돌아섰다.

부하가 기다리고 있는 카페로——.

가려고 했는데, 그때 갑자기 등 뒤에 있는 스노 더 선 방향에서 다급한 발소리가 이쪽으로 다가왔다.

"대장님, 이쪽이에요! 이 인파에 섞여서 교외로 나가요."

소년 같은 목소리.

그와 더불어 여러 개의 발소리가 바로 뒤까지 다가왔다.

"아, 알았어, 그런데 사람이 너무 많아서……."

"대장님, 괜찮아요?"

"으, 응! 괜찮으니까 이스카 군은 먼저 뛰어가! 제일 심하게 다쳤으니까 빨리 치료하러 돌아가지 않으면————꺄악!"

"와앗?!"

샤놀로테의 등에 누군가가 세게 부딪쳤다.

인파를 헤치고 뛰어나오느라 앞을 제대로 안 보고 달렸나 보다. 그런데 그 달려온 사람이 오히려 튕겨나 넘어졌다.

샤놀로테는 본디 체격이 좋은 데다 제국군 대장으로서 단련도 했으니까.

부딪쳐온 것은 몸집이 작은 소녀인 것 같았다.

"아~ 미안해. 내가 좀 덩치가 크다는 소리를 자주 듣거든."

어린애인가?

뒤를 돌아보면서 손을 내밀려다가——.

"…………어?"

그 자세로 샤놀로테의 미소가 얼어붙었다. 눈앞에 있는 것은 연한 파란색 머리 소녀. 귀여운 동안과 가냘픈 몸을 봐도 어린아이 같았다.

하지만.

그런 외모와는 달리 이 여자가 어엿한 성인이란 것을 샤놀로테는 알고 있었다. 왜냐하면 스파이로서 제국군에 복무했을 때——.

"……미스미스?"

"노, 노로?!"

이쪽을 쳐다본 소녀가 똑같이 눈을 휘둥그렇게 떴다.

제국군 기구 Ⅲ사 소속, 제907부대의 미스미스 클라스. 과거에 동료이자 친구──인 척했던 원수다.

"노로…… 진짜…… 노로는…… 어디, 갔어?"

"하하, 정말 기가 막히네. 샤놀로테 그레고리는 애초부터 네뷸리스 황청에서 나고 자란 사람이야. 너와 내가 만난 이후로 지금까지 쭉, 나는 언제나 나였어. 진짜 나라고."

어째서?

왜 제국군 대장이 이 황청에, 그것도 중앙주에 있는 거지?

"미스미스!"

정신없이 손을 내밀었다.

뭐가 어떻게 된 건지는 몰라도, 제국군 대장은 적이다. 오직 그 생각에 사로잡혀 미스미스의 목덜미 쪽으로 손을 뻗었는데.

"보스, 이쪽이야."

"으, 응!"

누군가가 부르자 정신을 차린 미스미스가 한발 빨리 도망쳤다. 작은 몸집을 이용해 사람들 사이로 쏙 빠져나가 멀리 달아났다.

덩치가 큰 샤놀로테로선 불가능한 일이었다.

"자, 잠깐만. 저 여자를 잡아! 제국인이야!"

아무도 반응하지 않았다.

샤놀로테의 목소리는 주위의 소음에 묻혀 사라졌고, 경비대도

스노 더 선의 소란을 수습하느라 바빴다.

　어쩌지도 못하고——.

　조아 가문의 첩보원 샤놀로테는 제국 시절 동료의 뒷모습을 바라보기만 했다.

Epilogue.1
『도대체 왜
그렇게 되는 건데?!』

the War ends the world /
raises the world

"흥. 끈질기게 살아남았구나, 제국 검사."

얼굴을 보자마자 린이 혀를 찼다.

호텔 객실로 돌아온 이스카는 소파에서 쉬고 있었는데, 왕궁에서 뛰어온 린이 이쪽으로 종이봉투를 휙 던졌다.

"받아."

"저, 저기요?! 나 다쳤다고 사전 연락을 했잖아?!"

"화상용 소독약과 붕대와 진통제 알약이다."

"······고마워."

얌전히 종이봉투를 받았다.

이 호텔에 오기 전에 약국에서 사 온 것이리라. 전부 다 개봉하지 않은 신품이었다.

"나중에 청구할 거야."

"나한테?!"

"농담이다."

"······진지한 얼굴로 그런 말 하지 말아줘."

한숨을 푹 내쉬었다.

한편 린은 거실을 한 바퀴 둘러보더니 말했다.

"나미와 시스테어는 무사하지?"

"아까 연락했듯이 건강해. 지금은 옆방에서 옷 갈아입고 있어. 미스미스 대장님이 같이 있고. 곧 돌아오지 않을까?"

"그래."

린이 고개를 끄덕이더니 천장을 우러러보며 팔짱을 꼈다.

"……앨리스 님께도 보고했다. 시스벨 님은 발견되지 않았지만, 슈바르츠가 지하 1층에 감금된 것을 목격했다고."

"응. 증거 사진도 찍었어."

"그럼 앨리스 님도 움직이실 수 있을 거야. 여왕 폐하께 말씀드려서 강제수사를 하러 가는 거다. 루 가문의 시종이 히드라 가문에 붙잡혀 있다──이 사실이 밝혀진 것만으로도, 당주 탈리스만의 아성에 타격을 줄 수 있을 거야."

단, 결정타는 아니다.

제국군을 황청으로 불러들인 음모의 주모자가 히드라 가문이다──최종적으로 이 진실이 밝혀지지 않는다면 다 소용없는 것이다.

"그런데 나도 하나 궁금한 게 있어. 스노 더 선은 어떻게 됐어? 중계방송을 봐도 부지 바깥만 보여주던데."

"건물의 화재는 진화했다. 성령술은 몇 분 만에 사라지거든. 오히려 나로서는 그렇게 엄청난 화재가 전부 다 성령술이었다는 게 놀라울 정도야."

"그 불은 대부분 왕녀가 낸 거겠지."

당주 대리인 미젤히비——.

그 왕녀의『새벽의 군대』중에 불의 성령술사가 있었다. 이스카도 처음 보는 무시무시한 화력으로 층 전체를 태웠었다.

"미젤히비인지 뭔지 하는 왕녀 말인데. 미리 정보를 좀 더 주지 그랬어."

"뭐?"

"미친 듯이 강했어. 그건 단순히 타인의 성령을 강화하는 수준이 아니었어."

"그야 당연하지."

새삼스러운 말을 하는군.

린은 태연한 표정으로 대꾸했다.

"탈리스만이 콘클라베에 내보내려고 하는 왕녀인걸. 장래에 앨리스 님과 여왕 자리를 놓고 다툴지도 모르는 여자야."

"그럼 더더욱——."

"히드라 놈들이 자기 패를 보여줄 리 없잖아? 나도 앨리스 님도 미젤히비의 성령의 개요는 알고 있었지만, 정확한 수법까지는 몰랐어."

"……그렇군."

네뷸리스 황청의 왕가는 치열한 골육상쟁을 벌이고 있다.

여왕 자리를 차지할 때까지는 다른 왕가한테 유리한 정보를 주지 않는다. 성령도 그 비밀 중 하나인 것이다.

"나도 하나 더 궁금한 것이 있는데. 그놈은 어떻게 됐냐? 건물에 침입한 너라면 그놈을 봤을 테지?"

"그놈?"

"샐린저 말이다. 당연하잖아."

"……아, 그게 말이지."

보란 듯이 이스카는 고개를 갸웃거렸다.

"정말로 그 샐린저였어? 뭔가 착각한 게 아니고?"

"무슨 뜻이냐."

"아니, 그게…… 시스테어가 그 이름을 말한 것은 나도 들었고. 우리가 스노 더 선 위층에 도착했을 때 아래쪽 부지에서 폭발이 일어난 것도 사실인데."

"만나지 못한 건가?"

"나는 전혀 못 봤어."

초월의 마인 샐린저의 용모는 머릿속에 박혀 있었다. 그 건물에서 마주쳤다면 못 보고 지나칠 리 없었다.

"무슨 오해가 있었던 게 아닐까? 딴사람 아니야?"

"으음……."

이번에는 린이 얼굴을 찌푸릴 차례였다.

"하긴, 그놈의 관여에 관해서는 여왕님도 의문을 표시하셨다. 스노 더 선의 감시 카메라의 영상 데이터를 가져오면 확인할 수 있을 텐데…… 음, 그래. 아무튼."

린은 여전히 떨떠름한 표정으로 몸을 반쯤 돌렸다.

"아까부터 쭉 신경 쓰였는데. 저 두 사람은 뭐 하는 것이냐?"

뒤쪽 테이블.

린이 돌아본 곳에서는 네네와 진이 묵묵히 무슨 작업을 하고 있었다. 둘 다 무서울 정도로 집중하고 있어서 이스카와 린의 대화조차 듣지 못하는 것 같았다.

"진 오빠, 아직 멀었어?"

"재촉하지 마. 억지로 여는 거니까, 충격으로 내용물이 파손되기라도 하면 망하는 거잖아?"

진이 들고 있는 것은 태양 모티브의 귀걸이.

바늘같이 가느다란 드라이버 끝을 그 금속물의 틈새에 끼워 넣고 천천히 뚜껑을 여는 중이었다.

"이스카, 말해봐라. 저 두 사람은 뭐 하는 거냐?"

린이 인상을 썼다. 그와 동시에 뒤쪽의 두 사람이 소리를 질렀다.

"옳지, 열렸다."

"와, 진 오빠! 멋있어!"

"내용물은…… 아하, 역시 예상대로 메모리칩이군. 무엇을 기록한 집적회로인지는 몰라도. 자, 네네. 네가 해봐."

"오케이~ 뒷일은 맡겨줘."

새끼손가락 위에 올라갈 정도로 작고 얇은 칩을 받아든 네네가 신중한 손놀림으로 소형 단말기에 그것을 삽입했다. 이어서 모니터에 표시된 문자열을 응시했다.

"으음……."

"어때?"

"네네의 경험상, 위험해 보이는 암호화 파일이 두 개 있어. 이 것은 사령부의 해석팀에 맡기지 않으면 풀기 어려울지도 몰라. 당장 열 수 있는 파일은 하나밖에 없어 보여."

"그 하나는 암호화되지 않은 거야?"

"응. 딱 하나만 파일 작성자가 달라. 히드라가 누군가한테서 이 제 막 받은 데이터인데, 얼른 지울 생각이었던 게 아닐까?"

진과 네네가 바라보는 모니터.

그곳에 나타난 것은 대륙 지도였다.

네뷸리스 황청 중앙주에서 출발한 화살표가 동영상으로서 일 직선으로 황청 국경을 향해 움직이고 있었다.

"네네, 이 화살표에 붙어 있는 숫자는 뭐야? 1과 0으로 된 이진 법인 것은 알겠는데."

"글쎄, 날짜와 시간인가? 그러면 이 중앙주를 출발한 것이 어 젯밤이고, 오늘 아침에 국경 바깥으로 나간 건데. 이 속도는 비행 기니까. **뭔가를 수송한 게 아닐까?**"

"그렇군. 어? 네네, 이 화살표. 제국 영토로 들어갔잖아?"

진의 중얼거림.

그 순간, 린이 화들짝 놀라 눈을 크게 떴다.

"자, 잠깐만?! 내가 확인해보마……!"

진과 네네 사이에 파고들면서 모니터에 얼굴을 가까이 댔다. 거기 표시된 지도와 화살표를 눈도 거의 깜빡이지 않고 뚫어져라 응시하더니.

"……말도 안 돼."

린의 입술 사이에서 갈라진 음성이 흘러나왔다.

"중앙주의 이 장소에는 비행장은 존재하지 않아."

"뭐?! 하, 하지만……?"

"이 화살표의 발생지는 히드라의 사유지다. 거기서 전용기를 띄웠다면, 그놈들이 국경 바깥으로 운반한 것은…… 설마…….."

스노 더 선에 슈바르츠가 있었고, 시스벨은 없었다.

그리고 바로 어제, 「무언가」를 태운 비행기가 황청을 떠났다.

상황을 고려한다면──.

제3왕녀 시스벨은 제국령으로 보내진 것이다.

이곳에 있는 모든 사람이 침묵했다.

추측이 아니었다. 이것은 이미 확신에 가까웠다.

"……한발 늦었구나."

린이 입술을 깨물면서 말했다.

"그 건물에서 슈바르츠를 발견했으니까, 우리는 히드라의 거점을 모조리 수색할 명분을 얻었다. ……그러니까 탈리스만은 수색이 시작되기 전에 그분을 국외로 빼돌린 거야."

"화살표의 목적지는 제도는 아닌 것 같군. 제국의 외딴 벽지다."

진이 한숨을 쉬었다.

"제국은 우리 집이나 마찬가지다. 그러나 제국령에 들어간 마녀를 해방하는 건 우리에게도 몹시 위험한 짓이야. 1년 전 이스카의 경우처럼 그것은 국가 반역죄다."

"_____."

어쩔 거냐?

진이 말없이 독촉하는 눈빛으로 쳐다보자, 린은 어금니를 으득 깨물었다.

"시스벨 님은 반드시 구출해야 한다. 이건 포기할 수 없어."

"그건 알아. 하지만 제국인인 우리는 제국령에서 이번과 같은 침입 작전은 수행할 수 없어. 그것은 제국에 대한 모반이다. 그렇지, 보스?"

"……으, 응. 나도 직접적인 협력은 어려울 거라고 생각해."

미스미스 대장님, 그리고 네네가 힘없이 고개를 끄덕였다.

우리 제907부대에게 황청은 적지다.

적의 거점에서 날뛰는 것은 제국에 대한 모반이 아니다. 그래서 지금까지는 시스벨이나 앨리스와의 협상도 성립됐었다.

그러나 이다음부터는 다르다.

……제907부대에게도 입장이란 것이 있다.

……시스벨을 구출하기 위해서라지만, 제국 시설에서 날뛰는 것은 절대 불가능하다.

탈리스만은 그것까지 계산한 것이다.

제국령으로 시스벨을 옮김으로써, 네뷸리스 여왕은 물론이고 제국군인 이스카 일행조차도 건드리지 못하게 만들었다.

"딱 하나만——."

계속 침묵하던 린이 고뇌하는 표정으로 고개를 들었다.

"제안을 하고 싶다. 미스미스 대장."

"어, 네?!"

돌연 린이 자신의 이름을 부르자, 여대장은 놀라서 새된 소리를 냈다.

"시스벨 님을 탈환하지는 못했지만, 당초 협상했던 대로 너희들을 황청에서 석방하겠다. 그 대신, 마지막 협상에 응해주길 바란다."

"뭐, 뭔데요?"

"우리는 너희를 미행하는 스파이를 딸려 보낼 것이다. 너희는 그 스파이의 존재를 눈치채지 못한 채 제국령으로 귀환해라."

"…………네?"

미스미스 대장이 얼떨떨한 표정을 지었다.

자기들을 미행하는 스파이를 붙인다. 이것은 황청 입장에서는 충분히 할 수 있는 일이다.

그런데 눈치채지 못하다니?

눈치채지 못하게 하고 싶으면, 왜 여기서 스파이의 존재를 공언하는 걸까? 이스카와 네네가 서로 얼굴을 마주 보고 고개를 갸웃거리는 와중에——.

"아하, 그런 거군."

은발 저격수가 가볍게 쓴웃음을 지었다.

"알았어. 그건 확실히 우리가 간신히 타협할 수 있는 수준이군. 단, 이것이 진짜 우리의 마지막 협상이다."

"이해한 건가?"

" ──요컨대 이렇게 하자는 거지."

진이 동료들을 돌아보면서 말했다.

"우리는 이 황청을 떠나 제국령으로 돌아간다. 여기까지는 자연스러운데, 제국령에 들어가고 나서 제도로 돌아가는 도중에 우리는 우연히, **시스벨이 연행된 시설 앞을 지나쳐 간다**. 우리를 쫓아온 스파이가 거기서 시스벨을 발견한다. 그런 스토리인 거지."

우리는 그저 제도로 귀환한다.

그리고 앨리스 측의 스파이가 그 뒤를 밟아 제국령으로 들어왔다가, 우연히 시스벨이 감금된 시설을 발견한다는 시나리오인 것이다.

"아…… 그렇구나."

이스카도 그제야 이해했다.

자기들은 직접 행동하지 않는다. 앨리스 측의 스파이가 쫓아오는 것을 묵인할 뿐.

"보스, 어때?"

"……아슬아슬하게 가능한 범위라고 생각해. 이것을 인정하지 않으면 황청에서 나가지 못한다는 점까지 포함해서, 우리가 간신히 받아들일 수 있는 한계치야."

여전히 좀 머뭇거리면서도 미스미스는 린을 향해 돌아섰다.

"그런데 린 씨. 우리는 그 스파이가 시스벨 씨 구출에 실패해도 관여할 수 없어. 그쪽에서 제멋대로 쫓아오는 것을 묵인하는 것이 우리의 한계야. 그 이상은 제국을 배신할 수 없어……."

"그 이상은 바라지 않는다. 우리가 알아서 움직일 거야."

린이 즉시 통신기를 꺼냈다.

"앨리스 님이 동의하시기만 하면 협상 성립이다. ————앨리스 님, 바쁘신 와중에 죄송합니다. 보고드릴 것이 있습니다. 시스벨 님이 연행된 곳에 관해서."

긴장한 것처럼 주인에게 보고하는 시종.

이스카 일행이 지켜보는 가운데 여러 번 문답이 오갔다.

『……사정은 이해했어.』

통신기에서 앨리스의 목소리가 희미하게 들려왔다.

"린, 당신의 협상 내용대로 진행하자. 내 동생은 반드시 되찾을 거야. 솔직히 말하자면 지금 당장 내가 뛰쳐나가고 싶지만……."

"이 상황에서 앨리스 님이 움직이시면 곤란해요."

『그래. 그것이야말로 히드라가 바라는 것일 테지. 여왕님을 혼자 계시게 할 수는 없어.』

그렇게 대답하는 앨리스의 목소리에는————.

이스카만 알고 있는, 왕녀로서의 확고한 위엄이 깃들어 있었다.

『나는 왕궁에 머물 거야. 동생을 구출하는 일은 믿음직한 부하에게 맡기겠어.』

"네! 그런데 앨리스 님. 이 스파이의 책무는 매우 중대합니다. 우리의 사정을 잘 알고, 또 제국의 시설에서 시스벨 님을 구출할 수 있는 사람이라면——."

『잘 부탁해.』

"……네?"

린이 어리둥절하여 눈을 깜빡거렸다.

마치 하늘을 나는 고래라도 본 것처럼. 망연자실한 눈빛으로.

"앨리스 님. 바, 방금 뭐라고 하셨어요?"

『소중한 동생이니까. 내가 신뢰하는 부하에게만 맡길 수 있어.』

"그, 그건, 당연히 알지요! 하지만 저의 제안은…… 이를테면 여왕님의 호위병이나, 지금 시간이 있는 왕궁 수호성을 상정한 것이지……."

『안 돼.』

주인님의 대답은 잔혹했다.

『제국 부대를 따라가는 스파이는 특정 조건을 만족해야 해. 그들을 알고 있을 것. 명목상 미행이어도 실제로는 동행이니까, 서로 얼굴은 알아야지.』

"——————."

린의 안색이 순식간에 창백해졌다.

그렇다. 주인님이 이야기한 조건을 만족시키는 사람은 황청에서 단 한 명밖에 없었다.

"……저기요, 앨리스 님."

『응? 왜.』

"아시다시피 저는 제국을 정말로 싫어해서, 세계지도에서 제국령을 보기만 해도 소름이 돋을 정도입니다. 그런 제가 제국령에 들어가면……."

『자, 어서 가, 린!』

앨리스가 소리 높여 외쳤다.

『시스벨을 탈환하기 위해 이스카와 함께 제국으로 가는 거야. 이것은 오직 너만 할 수 있는 영예로운 사명이야!』

"싫어요오오오오오옷!!"

얼굴이 새빨개진 린의 비명이 호텔 거실에 울려 퍼졌다.

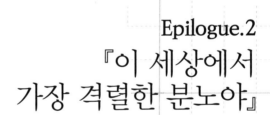

Epilogue.2
『이 세상에서
가장 격렬한 분노야』

the War ends the world /
raises the world

하늘보다 파란 지하──.

네뷸리스 왕궁, 격리 구역.

천연 종유동을 이용한 거대한 지하통로에서 물이 튀는 소리가 메아리쳤다.

푸른 지저 호수.

콸콸 솟아나오는 물은 맑았고, 푸른색 빛은 그 물보다도 더 깊은 곳에서 나오고 있었다. 지하에서 솟구치는 푸른색 성령 에너지가 지저 호수의 물을 통과하기 때문에 이 지저 호수가 선명한 푸른색으로 보이는 것이라고 한다.

뚜벅.

그 울퉁불퉁한 비탈면에서 딱딱한 구두 소리가 울려 퍼졌다.

지저 호수의 수면을 가로지르는 다리 위로 걸어가는 발소리. 그 끝에는 거대한 유리로 된 관이 우뚝 솟은 형태로 보관되어 있었다.

그 투명한 관 속에는 겨우 13~14세밖에 안 되어 보이는 소녀가──.

"시조님."

그 소녀를 향해 인사하는 가면 쓴 남자.

조아 가문의 당주 대리인인 가면 경은 측근 두 명만 거느리고 천천히 유리 관을 향해 다가갔다.

"때가 됐습니다. 당신이 눈을 뜰 시기가 곧 옵니다."

소녀를 우러러봤다.

햇빛을 받아 구릿빛으로 변한 피부와, 물결치는 진주색 머리카락. 잠들어 있는 그 모습은 아직 어리고 사랑스럽기도 했다.

그러나──.

이 사랑스러워 보이는 소녀의 가슴속에는, 이 세상에서 가장 끔찍한 원한이 잠들어 있음을 가면 경은 알고 있었다.

시조 네뷸리스.

과거에 제도를 불바다로 만들었던 가장 오래된 최강의 성령술사. 제국은 성령술사를 마녀라고 부르며 두려워하는데,「대마녀」라고 불리는 자는 이 시조밖에 없었다.

"현 여왕을 필두로 한 루 가문의 가신들은 반대하고 있지만, 뭐, 주변을 정리할 방법은 얼마든지 있지."

관을 봉인한 금속 자물쇠 하나를 풀었다.

그리고 또 하나. 차례차례 자물쇠를 풀고, 풀어낸 자물쇠는 바로 밑에 있는 지저 호수에 던져 넣었다.

마지막 하나.

여왕의 상징이 있는 자물쇠를 내려다보더니 가면 경은 조그맣게 웃었다.

"이 세상에서 가장 격렬한 분노다. 제국을 멸망시키기 위한."

시조와 그의 말예——.

최초와 최후의 마녀들이 이리저리 뒤섞이는 혼돈의 신시대로.

후기

마녀사냥의 밤이 끝나고——.

『너와 나의 최후의 전장, 혹은 세계가 시작되는 성전』(너와 나의 전장) 8권을 읽어주셔서 감사합니다.

8권의 주제는 「조짐」입니다.

7권에서 발생한 사도성순혈종의 전투를 거쳐, 이제는 제국과 황청에서 각각 신시대를 예감케 하는 변혁이 일어나고 있습니다.

제국에는 포로가 된 시조의 말예들이 운반되어 오고——.

한편 황청에서는 히드라의 왕녀가 참전했습니다.

이로써 루, 조아, 히드라 각각의 왕녀가 당당하게 자기 존재를 드러냈으니, 차기 여왕이 되기 위한 콘클라베의 동향도 기대해주시길 바랍니다!

그리고 다음 회에서는.

드디어 「제국 금단 편」이 시작됩니다.

시스벨을 쫓아 제국으로 돌아온 제907부대가 목격한 것은⋯⋯ 네, 그런 식으로 마침내 제국의 비밀을 접하게 될 것 같네요.

여기서부터도 전력 질주로 나아갈 예정입니다. 기대해주세요!

(시스벨 파 여러분도 기대해주시면 좋겠어요)

네, 그럼.

본편 이야기는 여기까지 하고 새로운 소식을 알려드리겠습니다.

지지난달 『판타지아 문고 대감사제 2019』에서 정식으로 발표했듯이——.

『너와 나의 최후의 전장, 혹은 세계가 시작되는 성전』

애니메이션 제작이 결정됐습니다!

상세한 내용은 아직 말씀드릴 수 없지만, 우선 이렇게 첫 소식을 전해드리게 되어서 정말로 기쁩니다. 본디 『너와 나의 전장』은 저의 데뷔 10주년에 시작한 작품이라, 간행할 때부터 저에게는 무척 특별한 의미가 있었거든요. 참으로 감개무량합니다.

발표 당일에 소식을 전해드린 저의 트위터에서도 사상 최대 규모의 반향이 있어서…… 새삼스레 『너와 나의 전장』은 참 행복한 작품이구나 하고 생각했습니다.

정말 진심으로 감사합니다.

좀 더 시간이 지나서, 애니메이션 추가 정보도 말씀드릴 수 있으면 좋겠어요.

저의 트위터(https://twitter.com/sazanek)에서도 부지런히 정보를 공개할 예정이니, 괜찮으시다면 가끔 살펴봐주세요!

그리고 미디어믹스에 관해 또 하나 말씀드리자면, okama 선생님이 그리신 『너와 나의 전장』 만화책 3권도 이 소설책 8권과 같은 달에 간행됩니다.

페어 특전도 있으니 공식 트위터 등을 꼭 확인해주세요.

후기를 쓰는 것은 페어 전이라서 좀 그런데요. 이 소설책 8권이 서점에 진열될 무렵에는 저도 트위터로 정보를 공개할 수 있을 것 같습니다!

(미래의 나에게 일을 맡기는 것도 좀 이상하지만……)

그리고 동시 병행 시리즈에 관한 이야기도——.

이번에 『너와 나의 전장』 애니메이션 제작이 결정됐는데요. 그와 동시에 아주 많은 분이 "다른 시리즈도 응원하고 있어요!"라고 말씀해주셔서…… 그것도 정말 기뻤습니다. 이 자리를 빌려 감사 인사를 드리고 싶습니다.

지금까지 장편 시리즈를 여러 편 썼는데요. 『너와 나의 전장』뿐만 아니라 모든 작품 하나하나를 소중히 여기면서 쭉 노력하고 싶습니다.

이 작품들도 응원해주시면 기쁠 거예요!

▶『어째서 아무도 나의 세계를 기억하지 못하는 걸까?』

소설책 7권까지 간행 중. (8권 소식도 곧 들려드릴 수 있을 겁니다!)

만화판이 월간 코믹 얼라이브에서 연재 중.

▶『세계 종언의 세계록』

소설 전 10권.

만화판이 월간 코믹 얼라이브에서 연재 중.

모든 만화판은 『니코니코 정화』『코믹 워커』에서 무료 공개 중입니다. 재미있게 봐주시길 바랍니다!

자, 이제 마지막으로.

이번 『너와 나의 전장』 애니메이션 제작이 결정되기까지 판타지아 편집부를 비롯한 많은 분께 큰 도움을 받았습니다.

이 자리를 빌려 감사를 전하고 싶습니다.

──이전 담당자 님. (『너와 나의 전장』 기획자)

정말 감사합니다. 얼마 전 판타지아 대감사제 발표 당시에도 전시회장에 와주셔서 무척 기뻤습니다.

저도 아직 심장이 두근거리는데요. 쭉 지켜봐주시길 바랍니다!

──현재 편집장 님.

『너와 나의 전장』 기획 단계부터 도와주신 당시의 편집장님이 바뀐다는 소식을 듣고 우와, 큰일 났다 하고 생각했는데…… 님이 새로운 편집장이라는 이야기를 듣고 진심으로 안도했습니다. 그리고 좋은 의미에서 깜짝 놀랐어요. ^^

다시 한번 잘 부탁드립니다.

※ 저의 역대 시리즈를 아시는 분들은, 혹시 『빙결 경계의 에덴』『불완전 신성기관 이리스』의 담당 편집자님이라고 하면 아실지도 모르겠네요.

──현재 담당자 님.

판타지아 대감사제, 그리고 평소『너와 나의 전장』때문에 신세를 많이 지고 있습니다!

아마도 제가 지금 가장 많이 신세를 지고 있는 분이고,『너와 나의 전장』과 관련해서 누구보다도 바쁘게 활동하고 계시는 분이라고 생각합니다. 이제 애니메이션 제작을 위해 먼 길을 달려야 할 텐데, 앞으로도 함께 달려주시면 정말 기쁠 거예요!

(아, 하지만 절대로 무리하시면 안 돼요)

——일러스트레이터 네코나베 아오 선생님.

판타지아 대감사제의 앨리스 전통 의상 ver.은 진짜로 멋졌습니다!

『너와 나의 전장』8권의 미젤히비 표지가 아주 아름다웠고요. 권두 및 흑백 일러스트도 보내주실 때마다 두근거리는 마음으로 감상했습니다. 이렇게 말하면 좀 성급한 걸지도 모르지만, 네코나베 아오 선생님이 디자인하신 이스카와 앨리스가 움직이는 순간이 벌써 너무너무 기다려지네요!

네, 그리고.

애니메이션 제작진 여러분도 소개하고 싶지만요. 그건 다음 기회를 기대해주세요.

이제 후기도 종반에 접어들었습니다.

다음 편,『너와 나의 최후의 전장, 혹은 세계가 시작되는 성전』제9권.

검사 이스카와 마녀 공주 앨리스의 이야기――.

두 사람의 무대는 제국으로 옮겨져서 한층 더 가속됩니다. 이후의 스토리에도 큰 영향을 줄 비밀과 만남을(그리고 린의 제국 모험기?도) 기대해주세요.

자, 그럼――.

2020년 겨울 『어째서 나』 8권.

그리고 2020년 초봄 『너와 나의 전장』 9권에서 다시 만나요.

가을이 끝나가는 어느 낮에, 사자네 케이

너와 나의 최후의 전장, 혹은 세계가 시작되는 성전

the War ends the world /
raises the world

"불쾌한 이름이 생각났어…….
그건 위험한 여자야. 붙잡아야지,
안 그러면 반드시 제국을 위협할 거다."

제3왕녀 시스벨의 흔적을 더듬어 제국으로.
그런데 이스카 일행이 탐색하다가 발견한 것은
제국이란 국가에 숨어 있는 금단의 일면이었다.
같은 시각, 황청도 또다시 새로운 위험에 직면한다.
이스카와 앨리스, 그리고 시스벨이 본 것은——

지고의 마녀와 최강의 검사의 무도, 제9막.
이 별의 가장 위험한 비밀이 부상한다!

너와 나의 최후의 전장 혹은
세계가 시작되는 성전

KIMI TO BOKU NO SAIGO NO SENJO, ARUIWA SEKAI GA HAJIMARU SEISEN 8
©Kei Sazane, Ao Nekonabe 2019
First published in Japan in 2019 by KADOKAWA CORPORATION, Tokyo.
Korean translation rights arranged with KADOKAWA CORPORATION, Tokyo.

너와 나의 최후의 전장, 혹은 세계가 시작되는 성전 8

2020년 6월 15일 1판 1쇄 발행
2020년 8월 15일 1판 2쇄 발행

저　　　　자	사자네 케이
일 러 스 트	네코나베 아오
옮 긴 이	한수진
발 행 인	유재옥
본 부 장	조병권
담당편집자	조찬희
편 집 1 팀	김민지 정영길 조찬희
편 집 2 팀	김다솜 이본느
편 집 3 팀	김효연 김혜주 곽혜준 오준영
라이츠담당	김슬비 한주원
디 지 털	박상섭 이성호 최서윤
발 행 처	㈜소미미디어
인쇄제작처	코리아피엔피
등　　　　록	제2015-000008호
주　　　　소	서울시 마포구 토정로222, 403호 (신수동, 한국출판콘텐츠센터)
판　　　　매	㈜소미미디어
마 케 팅	우희선 이주희 한민지
전　　　　화	편집부 (070)4164-3962, 3963　기획실 (02)567-3388
	판매 및 마케팅 (070)4165-6888, Fax (02)322-7665

ISBN 979-11-6507-776-1 04830
ISBN 979-11-6190-511-2 (세트)